JN043301

浪人若さま 新見左近
決定版【十四】

将軍への道

佐々木裕一

双葉文庫

目次

徳《とく》川《がわ》家《いえ》宣《のぶ》

江戸幕府第六代将軍
寛《かん》文《ぶん》二年（一六六二）～正徳《しょうとく》二年（一七一二）

寛文二年（一六六二）四月、四代将軍徳川家綱《いえつな》の弟で、甲府《こうふ》藩主徳川綱重《つなしげ》の子として生まれる。綱重が正室を娶《めと》る前の誕生であったため、家臣新見正信《にいみまさのぶ》のもとで育てられる。

寛文十年（一六七〇）、九歳のときに認知され、綱重の嗣子《しし》となり、元服後、綱豊《つなとよ》と名乗る。延《えん》宝《ぽう》六年（一六七八）の父綱重の逝去《せいきょ》を受け、十七歳で甲府藩主となる。将軍家綱が亡くなった際には、世継ぎとして候補に名があがったが、将軍の座には、叔父《おじ》の綱吉《つなよし》が就《つ》いた。

五代将軍綱吉も、嫡男《ちゃくなん》の早世《そうせい》や、長女鶴姫《つるひめ》の婿《むこ》である紀州《きしゅう》藩主徳川綱教《つなのり》の死去等で世継ぎに恵まれなかったため、宝永《ほうえい》元年（一七〇四）、綱豊が四十三歳のときに養嗣子となり、江戸城西ノ丸《にしのまる》に入り、名も家宣と改める。宝永六年（一七〇九）の綱吉の逝去にともない、四十八歳で第六代将軍に就任する。

将軍就任後は、生類憐《しょうるいあわれ》みの令をはじめとした、前政権で不評だった政策を次々と撤廃《てっぱい》。間部詮《まなべあき》房《ふさ》を側用人《そばようにん》として重用し、新井白石《あらいはくせき》の案を採用するなど、困窮《こんきゅう》にあえぐ庶民のため、政治の刷新をはかり、万民に歓迎される。正徳二年（一七一二）、五十一歳で亡くなったため、治世《ちせい》は三年あまりとごく短いものであったが、徳川将軍十五代の中でも一、二を争う名君であったと評されている。

浪人若さま　新見左近　決定版【十四】

将軍への道

第一話　血の呪《のろ》い

一

新見左近《にいみさこん》は、不忍池《しのばずのいけ》のほとりで片腕の剣客に襲われた際に受けた吹き矢の毒が消えず、長らく根津《ねづ》の藩邸に籠《こ》もり、床に臥《ふ》せっていた。

しゃべることはできるのだが、起き上がれば必ず熱が出て、めまいに襲われる。御殿医《ごてんい》の西川東洋《にしかわとうよう》が調薬した毒消しで悪くなるのを抑《おさ》えているが、さしてよくはならない。

この日も、朝からそばについていた間部詮房《まなべあきふさ》は、左近がようやく眠りに就《つ》いたのを見届けると、東洋に目配せをして外へ促《うなが》した。

東洋がうなずき、立ち上がる。

間部は先に寝所から出ていき、別室で東洋と膝《ひざ》を突き合わせた。

間部が厳しい眼差しを向ける。

「毒消しが合っておらぬのではないですか」

東洋は眉根《まゆね》を寄せて、難しい顔をした。

「毒の回りが思いのほか早かったのがいけなかった。じゃが、ご案じなさるな。日に日にようなっておられる。先ほども、粥《かゆ》を食されたではないか」

「それはそうですが、お辛《つら》いご様子……。毒消しの量を増やしてみては」

「焦《あせ》らぬことじゃ。無理をして、臓腑《ぞうふ》が傷《いた》むといけぬからな。このまま、様子を見よう」

「日が経《た》てば、ご快復なされますか」

うなずく東洋に、間部は安堵《あんど》の息を吐いた。

「わたしはこれから出かけますので、殿を頼みます」

「こんな夜更《よふ》けに、どちらに」

「殿をこのような目に遭《あ》わせた憎き者を、突き止めにまいります」

「夜の探索は、感心せぬな」

「言葉足らずでした。行くのは柳沢《やなぎさわ》様のお屋敷です」

「ほほう。殿がお目覚めになれば、伝えてよろしいか」

「すでにお伝えしてあります。では」

間部は頭を下げて部屋を出た。

藩邸を出て向かったのは、一橋御門《ひとつばしごもん》内にある、柳沢保明《やすあき》の屋敷だ。

五代将軍徳川綱吉《とくがわつなよし》から絶大な信頼を得ている柳沢は、今や老中でさえも顔色をうかがう存在になっており、近々将軍家側用人《そばようにん》に任ぜられることが内定している。

忠臣の柳沢は、綱吉が将軍の座に就いて間もなく、世間から次期将軍に望まれていた左近の命を奪おうとしたことがあり、あまり近づきたくはない相手。

そんな柳沢を間部が訪ねる気になったのは、左近の命を奪おうとした相手が、尾張藩《おわりはん》だという証《あかし》をつかむためだ。


多忙ゆえ、亥《い》の刻《こく》（午後十時頃）に我が屋敷にまいられよ。


謁見《えつけん》を求めた間部に返事が届いたのは、今日の夕暮れ時だった。

すでに閉められている一橋御門の門番に身分を告げて、脇門から曲輪内《くるわうち》に入り、柳沢の屋敷に行くと、門番に話が伝えてあったらしく、出てきた家臣によって案内された。

通されたのは、庭の一角にある茶室だ。

一本の蠟燭《ろうそく》が灯《とも》されただけの、ほの暗い部屋で正座して待っているあいだ、聞こえてくるのは虫の声ばかりだ。広い庭に人気《ひとけ》はなく、物思いにふけるには、この茶室はいい。

間部の頭の中は、むろん左近のことばかりだ。苦しそうな顔を初めて見た間部は、刺客の正体を必ず突き止めるつもりで、ここに来ていた。

程なくして部屋に人が近づき、襖《ふすま》が開けられた。

「お待たせいたした」

そう言って入った柳沢は、多忙を極めていると聞いていたわりには、顔色もよく、落ち着いた表情をしている。

正座した柳沢は、まずは一服、と言い、湯気を上げる釜《かま》に向かい茶を点《た》てた。

差し出された茶を頂戴《ちょうだい》した間部は、茶碗を返し、居住まいを正す。

引き取った柳沢が、茶碗に湯を入れながら口を開く。

「手紙で問われていたことだが……内密に調べたところ、澤山備前守《さわやまびぜんのかみ》と名乗る家臣は、尾張藩にはおらぬ」

間部が驚いた顔で応《こた》える。

「そんなはずはございませぬ。当家の者が囚《とら》われた際、確かにその名を聞いております」

かえでは、片腕の剣客に敗れて攫《さら》われた時に、一味の者がしゃべっていたのを耳にしている。

優《すぐ》れた甲州《こうしゅう》忍者のかえでが、名を聞き間違えるはずはない。

そう信じている間部は、家中の者を攫ったのは、附家老《つけがろう》の与力《よりき》として尾張藩に派遣されるはずだった、秋月金吾《あきづききんご》と黒田一哲《くろだいってつ》を暗殺した者どもを操《あやつ》っている人物だと、柳沢に訴えた。

柳沢は膝を転じて、間部を見据《みす》える。

「その澤山という者……おそらく影の者であろう」

「影……」

「考えてもみられよ。上様の実の娘であらせられる鶴姫《つるひめ》様の命を狙い、ご公儀が遣《つか》わす与力を暗殺することに、名簿に記された者を使うはずがない。あるいは、一連の騒動の糸を引いているのは、尾張藩ではないのやもしれぬ」

「いいえ、これは尾張藩の仕業《しわざ》です」

間部が決めつけ、焦りの色を浮かべていることに、柳沢はいぶかしげな顔をした。

「何か証をつかんでいるなら、包み隠さず申されよ」

「…………」

ためらう間部の様子に、柳沢は眉根を寄せる。

「甲州様に、何かあったのか」

間部が顔を背《そむ》けたので、柳沢が目を見張る。

「まさか、お命を――」

「殿はご無事です」

柳沢の言葉を遮《さえぎ》った間部は、吹き矢の毒にやられ、熱に浮かされていることを伝えた。

左近が西ノ丸《にしのまる》に入る噂《うわさ》を尾張藩に流したところ、間を置かず刺客に襲われたことを正直に話すと、柳沢は渋い顔をした。

「なんという無謀なことを。上様は甲州様に、他言無用とおっしゃったはず。お耳に入れれば激怒されるぞ」

「何とぞ、上様にはご内密に」

頭を下げる間部に、柳沢は厳しい眼差しを崩さない。

「尾張藩に知られたなら、黙っていても噂が広まるであろう」

「殿は、悪事のもとを絶《た》とうと、御自《おんみずか》ら囮《おとり》になられたのです。そこをお含み置きくだされ」

「甲州様を襲ったのは、片腕の男か」

「はい」

「甲州様をもってしても倒せぬとは、片腕の男、尋常の者ではないと見える。それにしても、無謀な……」

重ねて言う柳沢に、間部が不満をぶつける。

「殿は、下手人《げしゅにん》を捕らえようと焦っておられたのかもしれませぬ」

察した柳沢が、目を細めた。

「西ノ丸のことが甲州様を焦らせたと、貴公は思うておるのだな」

「いえ」

「顔にそう書いてあるが……」

間部は柳沢の目を見た。

「殿が焦っておられる様子を見た時は、正直そう思うておりました。ですが、今は違います」

「それは、貴公が甲州様に、西ノ丸へ入っていただきたいと思うている……そう受け取ってよろしいか」

「それが、殿のためになるならば」

「上様ではなく、甲州様のためか。貴公も、忠臣よの」

「おそれいりまする」

うつむいて否定しない間部に、柳沢がうなずく。

「尾張藩に噂を流したのは、よいことかもしれぬ」

間部が顔を上げた。

「と、申されますと」

「こうなったからには、一刻も早う西ノ丸に入られるべきだ。甲州様が上様の跡をお継ぎになることを天下に示せば、すべてが丸く収まろう」

間部は複雑な心境だ。

綱吉が左近を西ノ丸に誘うのは、鶴姫に向けられていた暗殺の魔の手を避けるためだ。

ここで左近が命を落とせば、尾張徳川家に嫁《とつ》いでいる千代姫《ちよひめ》のそばに仕《つか》える何者かが、徳川宗家（三代将軍家光《いえみつ》）の血を引く千代姫の息子綱誠《つななり》を将軍にするため、ふたたび鶴姫の命を狙うだろう。

柳沢の腹の内には、憂《うれ》いがあるに違いないのだ。

左近を守りたい間部は、たとえ一時の嘘《うそ》でも、左近が西ノ丸に入ることで尾張藩があきらめるなら、それもいいと思っている。

これは間部だけではなく、家老や重臣たちも賛同しているのだ。

間部は柳沢に、すべてを明かした。

「実は、殿の許しを得ず、家中の重役方に西ノ丸入りのことを打ち明けました。むろん、固く口止めはしてございます」

「うむ。して、どうなった」

「総じて、殿が西ノ丸にお入りになるのを望まれております」

「肝心《かんじん》なことを言い忘れてはおるまいな。西ノ丸入りは、あくまで鶴姫様のためぞ」

「すべて承知のうえです」

「ならば、明日にでも城へ入っていただけ。上様は待っておられるのだ」

「そうしたいところですが、肝心の殿が、悩んでおられます」

柳沢の顔に怒気《どき》が浮かんだ。

「西ノ丸に入れば、これまでのように、気楽に市中へ出られぬようになると思うておられるからか」

「…………」

黙り込む間部に、柳沢が探る眼差しを向ける。

「甲州様が悩まれるのは、花川戸町《はなかわどちょう》に暮らすおなごのせいであろう」

「それだけでは、ございませぬ」

歯切れの悪い間部は、神妙な顔をしている。

図星か、とつぶやいた柳沢が、ため息をつく。

「まあよい。毒が消えるまでは、みだりに藩邸からは出られまい。尾張にはこのまま、甲州様が西ノ丸にお入りになられると思わせておく。先日上様は甲州様に考える猶予《ゆうよ》を許されたが、今はお心変わりされておる。西ノ丸のことは、望みではなく、お下知《げち》と思われたほうがお家のためぞ」

「殿は床に臥せっておられますので、しばしのご猶予を。折を見て、ご決断いただきます」

「こうしているあいだも、尾張は次の手を打とうとしているはず。あまり時がないぞ」

「はは」

「こちらも策を講じる。甲州様のお命にも関わることゆえ、必ず説得なされよ」

「承知いたしました」

間部は頭を下げ、藩邸に帰った。

二

その数日後、左近の身に起きたことを知らないお琴《こと》は、変わらず店を開けていた。

お琴が揃《そろ》える上質な小間物を求める客が大勢出入りし、三島屋《みしまや》の軒先《のきさき》は、いつにも増して人が行《ゆ》き交《か》っている。

お琴は、客の相手をしている時はいいのだが、手が空くと、想うのは左近のことばかりだった。何日も会えないのは、いつものことだ。お琴を気鬱《きうつ》にしているのは、先日割れた、左近の飯茶碗のことだった。

ふとしたところで暗い顔をするお琴を気にしていたおよねが、愛想《あいそ》笑いで客を送り出すと、歩み寄った。

「おかみさん、また暗い顔になっていますよ」

「いけない……」

お琴は苦笑いで応じた。

およねが声を潜《ひそ》める。

「お茶碗のことは気にしないほうがいいですよ。元々、ちょいとしたことで割れるようになっているんですから」

「そうかしら」

「そうですよう。割れなきゃ、窯元《かまもと》もお店も商売にならないじゃないですか。うちの人なんて酔ってしょっちゅう割っているから、近くの瀬戸物屋《せともものや》では上客なんですよう」

心配して言ってくれているのはわかっているが、お琴のこころは晴れなかった。どうにも、胸騒ぎが収まらないのだ。

「およねさん、少し出てくるから、お店頼むわね」

「いいですけど、どちらに？」

「すぐ戻るから」

お琴は店から出て、隣の煮売り屋に行った。

小五郎《こごろう》が帰っていないかと思ったのだが、暖簾《のれん》は出ておらず、腰高障子《こしだかしょうじ》も閉められていた。

――左近様の茶碗が割れた日から、小五郎さんの姿を見ていない。やはり、何かあったのでは。

そう思うと息苦しくなり、お琴は胸に手を当てて、ゆっくり息を吸って吐いた。

「おい、知ってるかい」

不意に、立ち話をしている男たちの声が、お琴の耳に入った。

「何を」

「甲州様が西ノ丸に入《へ》ぇりなさるそうだぜ」

「なんだって。そいつはいつだい」

「近々だそうだぜ」

「へえ。それじゃあれか、次の将軍は甲州様ってことかい」

「まあ、そういうことだな。公方《くぼう》様はてっきり、鶴姫様が嫁いでいなさる紀伊《きい》様にお譲りになるのかと思っていたが、甲州様を選ばれたようだ」

「そいつはいいや。甲州様の世になれば、お犬様もお鶴様もなくなるぜ」

「しいっ！　そいつをでけぇ声で言うな」

お琴はたまらず訊《き》いた。

「あの、今の話、ほんとうですか」

驚いた顔を向けた二人のうちの一人が、お琴だと知って安心した。

「なんだ、三島屋のおかみさんかい。嘘かほんとか知らないが、日本橋《にほんばし》あたりじゃもっぱらの噂だったぜ。おいらもついさっき、こいつを仕入れに行った時、耳にしたばかりだ」

売り物の荷物をぽんとたたいて言う男に頭を下げたお琴は、きびすを返して店に帰った。

櫛《くし》を選ぶ客の相手をはじめたのだが、まったくうわの空で、商売に身が入らない。

なんとかその客に櫛を買ってもらったお琴は、およねにふたたび店をまかせて外へ出た。焦る気持ちのままに向かったのは、谷中《やなか》のぼろ屋敷だ。

会えるかもしれないという期待を抱いて行ったのだが、門扉《もんぴ》をたたいて訪《おとな》っても、返事はない。

お琴は門の前で、どうするか悩んだ。

これまでは、藩邸には行くまい、行ってはいけない、と自分で決めていたが、左近に会いたい気持ちと胸騒ぎを抑えられない。

根津の藩邸に行こうと足を向けた時、声をかけられた。

立ち止まって振り向くと、冬らしい茶の着物を渋く着こなした百合《ゆり》が、心配そうな顔で歩み寄ってきた。

「店に行こうとしていたら見かけたから、ついてきたのよ」

「…………」

「浮かない顔をしているわね。お琴ちゃんには似合わないわよ」

「そんなこと……」

「花川戸町は反対の方角だけど、どこに行くの」

お琴は、こころに決めたことを百合に話すために目を合わせた。

「わたし、左近様のお誘いに応じようかと思います。ですから、京へは……」

「何を言っているの」

百合はその先を言わせない。

「左近様の噂を知らないの？」

「知っています」

「左近様はお城に入られ、お世継ぎになられるのよ。そのようなお方のもとへ行って、何ができるの。側室でいいの？」

「左近様は、離縁すると……」

こわばった顔をするお琴に百合が近づき、両手を取って強くにぎった。

「お世継ぎと決まったお方が、公家の出のご正室と離縁することなどあり得ないわよ。百歩譲って左近様がその気でも、公方様がお許しになるはずはない。お琴ちゃんのためにはっきり言わせてもらうけど、根津のお屋敷で二人仲よく暮らす道は、もうどこにもないの。目をさまして」

お琴は手を離して背を向け、両手で顔を覆《おお》った。

哀《あわ》れんだ百合が、お琴の肩に手を差し伸べて引き寄せる。

「これで名実共に、左近様は雲の上のお人になられたのだから、お琴ちゃんはお琴ちゃんの幸せを見つけるべきだわ。今ほんとうにやりたいことを――」

「信じません」

「ええっ？」

お琴は百合の目を見つめた。

「左近様の口からお聞きするまでは、何も信じません」

そう言うと頭を下げ、三島屋に帰った。

離れたところに控えていた手代《てだい》の新吉《しんきち》が歩み寄る。

「また、断られましたね」

「お黙り」

お琴の寂しそうな後ろ姿を見送っていた百合は、苛立《いらだ》ちを露《あら》わにして、新吉に言う。

「左近様も、罪なお人だよ」

「まったくで」

百合が新吉に向けた目を細める。

「左近様に勝《まさ》るいい男が、どこかにいないものかねぇ」

そう言うと肩をたたき、待たせていた駕籠《かご》に歩んで乗り込んだ。

首をなでた新吉が、苦笑いで言う。

「それは、難しいかと」

百合が駕籠の中で、不機嫌な顔を向けた。

「まったくお琴ちゃんは、手強い相手に惚《ほ》れてしまったものだねぇ。どうやったらあたしのところに来てくれるか、帰って考えなおすよ」

「はい」

百合は駕籠を走らせて、京橋《きょうばし》の中屋《なかや》に帰った。

三

左近が西ノ丸に入る噂が広まっていることは、根津の藩邸にも聞こえてきた。

間部は、柳沢の仕業だと思ったものの、抗議したところで、一度広まった噂をすぐに消すことは難しい。

噂を受け、表御殿の広間に集まった藩の重臣たちからは、これはよい機会だという声があがった。

「この機を逃さず、殿には西ノ丸にお入りいただこう」

「それがよい。さすれば、尾張殿もあきらめ、きな臭《くさ》いこともなくなるというもの」

「殿のお命も狙われずにすむ」

「間部殿、殿を説得してくだされ」

古参の重臣に頼まれて、間部は困惑した。

「間部殿、貴殿は賛同できぬのか」

「いえ」

「ならば、早う殿に……」

「殿はまだ、熱に苦しんでおられます。快復を待って、殿にお決めいただくのがよろしいかと」

「そのあいだに上様の気が変わったらどうする」

「気が変わられるのは、上様がお世継ぎを定められた時のみでございましょう。今の暮らしを望まれる殿にとっては、よいことではございませぬか」

「それはそうだが」

　重臣たちは口を閉ざした。

　西川東洋は、若き藩士、雨宮真之丞《あめみやしんのじょう》と共に寝所に渡ろうとしていたのだが、広間の様子が気になり、足を止めていた。

　広間の声を聞いていた雨宮が、東洋に心配そうな顔を向ける。

「殿は、いつになったらようなられますか」

　東洋が探るような顔で答える。

「おぬしも、殿が西ノ丸に入られることを望んでおるのか」

「間部殿はあのようにおっしゃっておりますが、本心は城に入ってほしいのです。ですが、殿のお気持ちを察すると」

「面と向かっては、言えぬか」

「はい」

「では、わしから申し上げてみるか」

雨宮は明るい顔をした。

「お願いします」

「ここよりは、わし一人で行く。しばらく、誰も近づけぬように」

「どうしてです？」

「黙って薬を渡せ」

不思議そうな顔をした雨宮は、言われたとおりに、薬の茶瓶《ちゃびん》を載せた折敷《おしき》を渡した。

「よいか、決して誰も渡らせるなよ」

「はい」

東洋は雨宮を廊下に残し、寝所に渡った。

「入りますぞ」

声をかけて障子を開けると、奥の部屋で寝ていた左近が手を挙げた。

東洋は次の間に控えている小姓《こしょう》に、雨宮殿が表御殿の廊下で待っておるぞ、と言って外に出し、左近の枕元に上がった。

昨日は土気色《つちけいろ》だった顔が、今朝は血の気を帯《お》びている。

「だいぶ、顔色がよろしいですな」

「うむ。今朝は気分がよい」

左近は笑みまで見せたので、東洋も笑みを返した。

「薬をお持ちしました」

「うむ」

東洋は、起き上がろうとする左近に手を差し伸べて助け、薬を入れた湯呑《ゆの》みを渡した。

飲み干した湯呑みを受け取った東洋が、左近の脈を取り、熱を確かめる。

「熱はまだありますな。お身体の痛みは」

左近は辛そうな顔で顎《あご》を引く。

「背中と、両足が痛む」

「腕は」

「昨日よりは楽だ」

「少しは、快方に向かっておりますな」

「うむ」

「歩けるようになれば、西ノ丸に入りませぬか」

唐突《とうとつ》な言葉に、左近が驚いた顔をして、苦笑いをする。

「東洋、いかがした」

東洋は少し離れ、畳に両手をつく。

「隠さず申し上げます。毒がなかなか消えぬのは、殿のお身体が、元々お強くないからにございます」

声を潜め、深刻な顔で告げる東洋に、左近は柔和《にゅうわ》な笑みを浮かべた。

「やはりそうか」

「気づいておいででしたか」

「余《よ》の身体は、余が一番よう知っておるつもりだ。幼《おさな》い頃はいつも風邪《かぜ》をこじらせて、新見の父と母を心配させた」

東洋が身を乗り出す。

「何とぞ、上様のお申し出をお受けくだされ。殿が西ノ丸にお入りになれば、この先どなたも、お命を狙われなくなるかと存じます」

「間部から聞いたのか」

「間部殿が言われるまでもなく、町の噂になっております」

左近は驚いた。

「では……」

「今頃は、お琴様の耳にも入っておりましょう」

しまった、という顔をする左近に、東洋が続ける。

「知ったとて、殿を想うお琴様の気持ちは変わりますまい。今は、お身体を治すことだけをお考えくだされ。お命に関わることゆえ正直に申しますが、もう一度同じ毒にやられますと、治す薬がございませぬ。くれぐれも、用心してくだされ」

隣の襖が開けられ、吉田《よしだ》小五郎が出てきた。控えていて、耳にした言葉に耐えられなくなったのか、問い詰める顔を東洋に向ける。

「今のは聞き捨てなりませぬぞ。まことでござるか」

東洋は、厳しい眼差しを向けてうなずいた。

「甲州の忍びを束《たば》ねるお前さんなら、殿の様子を見て薄々わかっておろう。同じ毒には、身体が耐えられぬ」

悲痛な表情の小五郎から眼差しを左近に向けた東洋は、改めて頭を下げた。

「どうか、ご決断を」

「西ノ丸へ収まったところで、余を襲った者がおとなしく引き下がるとは思えぬ。

この身体さえ動けば……」

　左近はそこまで言ったところで、座ったまま首《こうべ》を垂れた。

「殿！」

　驚く小五郎に、東洋が言う。

「案ずるな。薬が効いたのじゃ」

　左近を横にした東洋が、額《ひたい》に手を当てながら告げる。

「また熱が高《たこ》うなった。おそらく身体中が痛いはずじゃが、おくびにも出されぬ。このこころの強さは尋常ではないが、身体は正直じゃ。眠ってもらえば治りも早かろうと思うて、眠り薬を混ぜてみた」

　小五郎が、必死の形相《ぎょうそう》で懇願《こんがん》する。

「先生、必ず殿をお助けください」

「言われるまでもない。それより、毒を使う刺客のほうが心配じゃ。守りは万全なのか」

「かえでに文《ふみ》を送っておりますので、近々、心強い味方を連れて戻ります」

「くれぐれも、頼みますぞ」

　東洋は小五郎に頭を下げ、左近の看病に戻ろうとして、手を止めた。

「わしなどが汗を拭《ぬぐ》うよりは、お琴ちゃんの手のぬくもりを感じられるほうが、よほどよい薬になるのじゃが」

小五郎は目を伏せる。

「殿から、知らせてはならぬと申しつけられております」

「さようか。もどかしいことよの」

嘆《なげ》いた東洋は、金箔《きんぱく》の葵《あおい》の御紋《ごもん》が施《ほどこ》された黒漆《くろうるし》塗《ぬ》りの盥《たらい》に膝を転じて、水に浸《つ》けられた手拭《てぬぐ》いを絞《しぼ》り、左近の汗を拭った。

四

かえでと坂手文左衛門《さかてぶんざえもん》が根津の藩邸に到着したのは、三日後のことだ。

かえでは、片腕の剣客に敗れた悔しさを払拭《ふっしょく》するために、甲府《こうふ》の里へ戻り、鍛錬《たんれん》に精を出していた。

備中宇内藩《びっちゅううないはん》の騒動の折に、左近の助けを得たことで家臣になっていた文左衛門は、左近の危機を知るなり、今こそ大恩を返す時だと妻の静《しず》に言った。

静は子を産んだばかりで大変な時期ではあったが、文左衛門は娘のことを静に託して甲州街道《こうしゅうかいどう》を急ぎ、駆けつけていた。

　家臣団が屋敷の守りを固める中、間部は小五郎とかえでと文左衛門を自室に呼び、厳しい顔で向き合った。

「文左衛門殿、これまでの話は聞いておられるか」

「はい。小五郎殿から聞きました」

「旅の疲れもござろうが、力をお貸しください」

「なんなりと、お申しつけを」

　間部はうなずき、小五郎とかえでに顔を向けた。

「まずは、尾張藩の刺客である片腕の男の居場所を突き止め、捕らえるか、難しいようであれば斬ってもよいと思う」

　かえでが顎を引き、小五郎が言う。

「片腕の男は、尾張の藩邸にいるはず。わたしが探りを入れましょう」

「わたしにやらせてください」

　かえでが申し出た。

　小五郎が厳しい顔を向ける。

「成《な》し遂《と》げられるか」

「次は、油断しません」

負けず嫌いのかえでの性分を知る小五郎は、顎を引いた。

「では、お前には上屋敷をまかせる。千代姫の身辺も調べてくれ」

「かしこまりました」

間部が口を挟んだ。

「くれぐれも、気をつけられよ」

かえでは冷静な顔でうなずいた。

文左衛門が膝を進める。

「それがしは、何をすればよろしいか」

「文左衛門殿に勝る剣の遣《つか》い手《て》は、この屋敷にはおらぬので、殿を守っていただきたい」

「おそばに仕えさせていただけるのか」

遠慮する文左衛門に、間部が薄い笑みを浮かべた。

「久々の再会に、殿も喜ばれましょう」

「承知した。この命にかえて、お守りいたす」

立ち上がった文左衛門は、勇《いさ》んで寝所に向かった。

かえでは小五郎たちと、侍女《じじょ》として潜入するか、夜に忍び込むかを話し合い、夜に忍び込むと決まり、それまでは藩邸にとどまることになった。

まだ昼を過ぎたばかりだが、小五郎はかえでのために、尾張藩上屋敷の様子を探りに行こうとした。

そこへ、雨宮が来た。

「間部殿、よろしいですか」

雨宮が焦りの色を浮かべているので、小五郎は出るのをやめて見守った。

間部が顔を向ける。

「いかがした」

「尾張藩主、中納言光友《ちゅうなごんみつとも》様の使いだと申す老人が表に来ておりますが、名を名乗りませぬ。いかがいたしますか」

尾張と聞いて、三人は顔を見合わせた。

間部が訊く。

「用向きを申したか」

「殿にお会いして、直《じか》にお伝えしたいことがあると申しております」

「さては、様子を見に来たな。大胆不敵な」

腹を立てる間部に、小五郎が言う。

「断れば、殿の存命を疑い、ふたたび鶴姫様に魔の手を向けるやもしれませぬ」

間部は、神妙な顔でうなずいた。

「殿に決めていただこう。雨宮殿、使者を待たせておいてくれ」

「はは」

間部は寝所へ渡った。

横になり、文左衛門との再会を喜んでいた左近の枕元に行くと、使者のことを告げた。

「いかがなさいますか。様子うかがいと思われますが」

うなずいた左近は、文左衛門の手を借りて起き上がり、ひとつ息を吐いて、間部に顔を向けた。

「様子うかがいならば、事前に知らせをよこすはず。何か、重要なことかもしれぬ。虎《とら》の間《ま》で会おう」

「ご無理をされては、お身体に障《さわ》ります」

心配する文左衛門に、左近は笑みを見せた。

「今日は昨日より楽になっている。大事ない。間部、支度を頼む」

「はは」

間部は寝所を出ると、控えていた小姓に着替えの支度を急がせた。

五

熱を押して虎の間に出た左近は、下段の間に正座していた老人を見て、目を見張った。

「水戸《みと》殿！」

左近の声に、間部が驚いた。

着ている羽織《はおり》と袴《はかま》は上等な生地《きじ》の物ではなく、水戸藩主の徳川光圀《みつくに》とはとうてい思えない姿だ。

「まことでございますか」

思わず訊く間部に、光圀は愉快そうに笑った。

「綱豊《つなとよ》殿を真似《まね》てこのような身なりで市中へ出てみたが、たまにはよいの。気晴らしになる」

雨宮は慌《あわ》てて両手をつき、無礼を詫《わ》びた。怪《あや》しい年寄りだと疑い、油断のない態度を取っていたのだ。

気さくに許した光圀が、下段の間に下りようとした左近を制して座らせると、膝を進めて近くに座りなおし、顔をまじまじと見てきた。

「具合が悪そうじゃな」

「なんの」

左近は笑みを見せた。ほんとうは、座っているのがやっとなのだが、光圀に無礼な真似はできない。

「水戸殿が尾張殿の使者とは、いったいどういうことですか」

左近の問いに、光圀は目線をはずし、困惑した様子で答える。

「光友殿に、泣きつかれたのじゃ」

左近はうなずき、言葉を待った。

光圀が目を合わせながら続ける。

「強気の光友殿が、余の前に両手をつかれて申された。尾張は決して将軍の座を狙《ねろ》うてはおらず、鶴姫様と貴殿の命を奪おうなどとはしておらぬそうじゃ。附家老の与力暗殺の一件も知らぬことゆえ、助けてほしいとな」

「上様は、なんと」

「まだお会いしておらぬ。その前に、貴殿に問うてみたかったのだ」

「…………」

「余は光友殿を信じたいが、貴殿はどう思う」

「いろいろございましたので、にわかには……」

「信じられぬか」

「尾張殿に野心はなくとも、千代姫様に仕える何者かが、家光公の血を引く若君を将軍にしたいと願《ねご》うておるやもしれませぬ」

光圀が、問う眼差しをする。

「その根拠は」

間部が口を挟んだ。

「ございます」

光圀が間部に振り向く。

「聞かせてもらおう」

「与力暗殺が尾張藩の仕業と睨《にら》んだ我らは、噂が広まる前に、殿が西ノ丸にお入りになる話を尾張の藩邸に流しました。すると間を置かず、刺客が向けられたのです」

光圀は、驚いた顔を左近に向けた。

「顔色が悪いのは、傷を負うておるせいか」

左近は、ばつが悪そうな顔でうなずく。

「不覚を取りました」

光圀が神妙な顔で顎を引く。

「おそらくそれは、尾張徳川家を貶《おとし》めようとする何者かの仕業だ。千代姫も、そばに仕えるご家来衆も関わってはおらぬ」

「何ゆえ、断言できるのですか」

「光友殿が、奥御殿へ女中として潜入していた間者《かんじゃ》を捕らえ、成敗したと申しておった。危うく千代姫が、毒殺されかけたのだ」

「なんと」

驚く左近に顔を向けた光圀が、眉根を寄せながら言う。

「貴殿を襲わせたのは、間者を尾張に送った者に違いあるまい」

「何者でしょうか」

「わからぬ」

光圀は、まさか貴殿も襲われていたとは、と言って、ため息をついた。そして、厳しい顔を左近に向けて続ける。

「こうなると、まるで血の呪《のろ》いじゃな」

「さよう。上様のご寵愛《ちょうあい》を受ける鶴姫様にはじまり、千代姫とそなたまで狙われるとは、家光公の血脈《けつみゃく》を絶とうとしているのは明らか。いずれ若君にも向けられることを恐れた尾張藩では、藩邸内に新陰流《しんかげりゅう》の遣い手を集め、厳しい警固《けいご》をしておる。貴殿もこれに倣《なら》い、くれぐれも気をつけられよ」

間部がふたたび口を挟んだ。

「重ねてお尋ねしますが、水戸様は、こたびのことは尾張様の仕業ではないと、本気で思われますか」

光圀が厳しい顔をする。

「何が言いたいのだ」

「殿を襲った者どもは、先ほどおっしゃられた新陰流の遣い手でした。光友様と若君の綱誠様は、共に新陰流の継承者。千代姫様がお命を狙われたと尾張様が申されたのは、疑いを解くための偽《いつわ》りということはございませぬか」

「この年寄りの目を、疑うか」

ため息をつく光圀に左近が詫び、下座に目を向ける。

「間部、控えよ」

「血の呪い……」

「ご無礼いたしました」

光圀が鼻先で笑う。

「よい。そなたの申すことは、もっともじゃ。しかし余は、尾張殿を信じたい。綱豊殿、身体がよくなれば、一度尾張殿に会《お》うてみぬか。こうして膝を突き合わせてみてはどうじゃ。そなたなら、相手の目を見て話せば真意がわかろう」

ためらう左近に、光圀が身を乗り出す。

「返事は今でなくともよい。実はな、尾張殿もそなたに会いたがっておる。今日は、そのことを伝えにまいった。直に会うて話したいそうじゃ」

間部は何か言おうとしたが、遠慮して口を閉じた。

左近が言う。

「わかりました。いずれ必ず、お会いいたします」

「うむ。しっかり養生《ようじょう》なされよ」

光圀は立ち上がり、その気になればいつでも藩邸に知らせてくれと言い残し、虎の間をあとにした。

間部に見送りを命じた左近は、虎の絵が施された襖に顔を向ける。

「どう思う」

声に応じて武者隠《むしゃがく》しの襖を開けた小五郎が、かえでと共に出てきて、左近の前に正座した。

小五郎が答える。

「水戸様は、騙《だま》されるようなお方ではないかと。千代姫様が狙われたのは、まことではないでしょうか」

「うむ」

「わたしが奥御殿に入り、探ってきます」

かえでが申し出たが、左近は許さない。

「奥御殿に入っていた間者を成敗したのがまことなら、守りを固めておろう。そなたは今すぐ花川戸町へくだり、お琴を守ってくれ」

「承知しました」

左近に頭を下げたかえでは、小五郎に顎を引き、部屋から出ていった。

表門まで出ていた間部が、水戸藩の屋敷まで送ると言ったのだが、光圀は笑みを浮かべる。

「よい。それより、綱豊殿を死なせてはならぬぞ。疑いをかけられた尾張を救い、将軍家との仲を取り持てるのは、綱豊殿しかおらぬ」

「では、殿が尾張様とお会いになる時は、同席をお許しください」

「うむ。よかろう」

間部は頭を下げた。

帰途につく光圀を見送っていると、辻《つじ》に差しかかった光圀の背後に、二人の侍が歩み出てきた。二人は間部に顔を向け、頭を下げた。若いが、自信に満ちたい面構《つらがま》えをしている。

間部も頭を下げると、二人はきびすを返し、光圀に付き従っていく。

「心強いご家来をお持ちのようだ」

間部はそう独りごち、門内に入った。

六

花川戸町の三島屋では、お琴がこの日最後の客を見送って店に入ろうとした時、店先にいた旅の若い女が急に倒れた。

お琴は驚き、慌てて声をかける。

「どうされました？　どこか苦しいのですか？」

女は半分気を失っていて、呻《うめ》くばかりだ。

「およねさん！」

店の中に向かって叫ぶと、およねが慌てて出てきた。

「おかみさん、どうしたんです」

「この人が急に倒れたの。中に運ぶから手伝って」

およねが女の顔をのぞき込み、頬《ほお》を軽くたたいた。

「ちょいと、旅の人。しっかりおしよ」

女は眉間《みけん》に皺《しわ》を寄せて、薄く目を開けた。

「立てるかい」

顔を真っ青にした苦しそうな女を見て、無理そうだね、と言ったおよねが腕を持ち、自分の首に回して脇に肩を入れると、身体を抱いて立たせた。

「おかみさん、反対側をお願い」

応じたお琴が右側を支えて女を店に入れ、一旦板の間の上《あ》がり框《かまち》に座らせた。

お琴が支えているあいだに、およねが荷物を持って入り、病人の草鞋《わらじ》を取った。

「おかみさん、横にさせてあげましょう」

「隣の部屋はどうかしら」

お琴はおよねに手伝ってもらい、帳場の隣の部屋で横にさせた。

「東洋先生を呼んできます」

およねはお琴に一言告げると、店から駆け出た。

お琴は奥の部屋から夜着《よぎ》を持ってくると、女にかけてやり、手拭いで額の汗を拭った。

「ごめんください」

折よく、百合が訪ねてきた。

お琴は帳場に首を伸ばすように返事をして、急病人がいることを教えた。

「上がるわよ」

そう言って駆けつけた百合が、苦しんでいる女を見て、お琴に訊く。

「熱があるの？」

「はい」

百合が女に尋ねる。

「頭や腰は痛くない？」

「頭が割れそうです。腰も少しだけ痛みます」

「悪い病気かしら。お琴ちゃん、うつるといけないから、外に出ていなさい」

「えっ」

「いいから早く。疱瘡《ほうそう》だったら大変だから」

百合はそう言って、お琴の腕を引っ張って部屋の外に出すと、襖を閉めた。

不安な気持ちで店じまいをしながらお琴がおよねを待っていると、通りに姿が見えたので慌てて駆け寄る。

お琴に気づいたおよねが、東洋の手を引いて急がせた。

息を切らせている東洋が、お琴に言う。

「病人を診《み》る前に、水を一杯頼む」

「ここでお待ちください」

東洋とおよねを店先にとどめたお琴は、台所に行き、水を入れた湯呑みを持ってきて渡した。

喉《のど》を潤《うるお》した東洋が、病人のところへ案内しろと言ったのだが、お琴はためらった。もしも疱瘡ならば、東洋にうつるかもしれない。そうなれば、左近にもうつりはしないかと思ったのだ。

百合が店の中から声をかけた。

「先生！　いらしたのなら早く中へ」

「うむ」

応じた東洋が店に入ろうとしたのだが、お琴が腕をつかむ。

「百合さんが、疱瘡かもしれないと言ってます」

「何！」

東洋は眉根を寄せた。

「それはいかん。念のため、みんな外で待っていなさい」

「でも……」

「お前さんも外へ出なさい」

東洋は店の中の百合に言い、お琴をおよねに託して、出てきた百合と入れ替わりに中に足を踏み入れると、一人で部屋に上がった。

苦しむ女の身体を調べた東洋は、安堵の息を吐き、外へ声をかけた。

「疱瘡ではない。入ってよいぞ」

およねが、ああよかった、と言って、身体から力が抜けたようにしゃがみ込んだ。

「心の臓が止まるかと思ったよ。誰だい、疱瘡だなんて言ったのは」

「ごめんなさい」

百合が申しわけなさそうな顔で手を合わせ、頭を下げた。

お琴は、百合の意外な一面を見て、くすくす笑う。

「笑わないでよ。ほんとうに焦ったんだから」

「ごめんなさい。でも、違っていてよかった。お茶を淹《い》れますので、中にお入りください」

「それより、大丈夫かしら」

百合が病人を気にするので、お琴は部屋に上がった。

女の着物の前を広げて腹を押さえていた東洋が、渋い顔で訊く。

「肉か魚を食べたか」

女は首を横に振る。

「吐き気と腹くだしはないか」

「ここへ来る前に吐きましたが、今はないです」

「胃《い》の腑《ふ》を痛めておるな。間違えて毒茸《どくきのこ》でも食うたか」

「今日の昼に、千住《せんじゅ》の宿場で茸のお味噌汁《みそしる》を食べました」

「おそらくその中に、毒茸が混ざっていたのだろう。今の時季はようあることだが、なに、このぶんなら死にはせぬ。薬を飲んで一晩休めばよくなる」

東洋は、そばに置かれている荷物を一瞥《いちべつ》した。

「旅の途中か」

「今日、江戸に到着しました」

「身内の誰かを頼って来たのか」

女は首を横に振る。

「わけあって村を出たものですから、行くあてがございません。江戸なら、なんとか生きていけると思って来ました」

「毒茸を食べさせられるとは、運が悪かったな。しばらくわしのところに泊まりなさい」

「いえ、お代を払う余裕がございませぬので、もう行きます」

起き上がろうとした女が、痛みに襲われた腹を抱えて顔をしかめた。

「言わんこっちゃない。無理をしてはいかん」

東洋が横にさせ、お琴に顔を向けた。

「すまんが、駕籠を呼んでもらえるか」

「今夜はここに泊まっていただいてもいいですよ。部屋も空いていますし」

「いや、それでは……」

東洋がためらうように言うと、百合がお琴の袖《そで》を引いてささやいた。

だし」

「素性《すじよう》のわからない人を泊めないほうがいいわよ。あのお方だって来られるの
するとおよねが口を挟んだ。

「あのお方って、左近様のことですか」

百合が振り向く。

「ええ、そうよ」

「それなら大丈夫ですよう。近頃はちっとも来やしないんだから」

言ったあとで、しまったとでも思ったのか、およねは茶を淹れてくると告げて、
逃げるように台所に向かった。

今さらながら、東洋が百合に怪訝《けげん》そうな目を向ける。

「こちらのお方は……」

百合のことを訊かれて、お琴は世話になっている小間物問屋の女将《おかみ》だと教えた。

百合が澄《す》ました顔で頭を下げる。

「京橋の中屋です」

「ああ、お前さんが……」

「おや先生、ご存じでしたか」

「まあいろいろと、耳に入っておる」

東洋は真顔で言い、お琴に眼差しを向けた。

「この方の言うとおりですぞ。病人は、わしにまかせなさい」

お琴が応じる前に、若い女が口を挟む。

「でも、お代が」

東洋が優しい顔を向ける。

「銭のことは心配いらん。江戸で働き口が見つかったら、払える時に来てくれればよい」

女は目を潤《うる》ませながら、ありがとうございますと言って頭を下げた。

お琴が呼んだ駕籠に乗る前に、女はお琴の手をにぎり、涙を浮かべた。

「わたしは咲《さき》といいます。今日のご恩は、一生忘れません」

「いいのよ。しっかり養生して、早く元気になってね」

「はい」

お咲は頭を下げ、駕籠に乗って東洋の家に行った。

お琴は、中で待つ百合のところへ戻ろうとしたのだが、およねが隣の軒先にいるかえでに気づいて、声をあげた。

「かえでさんじゃないの！」

お琴が見ると、かえでは頭を下げた。

およねが駆け寄る。

「小五郎さんと仲直りしたのかい。いつから店を開けるんだい」

「ご心配をおかけしました」

喧嘩《けんか》していなくなったことになっていると察したかえでが、およねに話を合わせて頭を下げた。

「でも、今度は大将がへそを曲げて里に戻ったので、まだ当分は……」

およねが目を丸くした。

「あの小五郎さんが怒ったのかい。よっぽどのことがあったんだね。いったい、どうしちまったんだい。あんなに仲がよかったのに」

「ああ見えて怒ると長いですから。でも、そのうち帰ってくると思います」

明るいかえでに安心したのか、およねはあっさり納得して、店に入った。

お琴が声を潜める。

「左近様に、何かあったのですか」

勘が鋭いお琴だが、かえでは顔色を変えない。

「今は藩の役目が多く、お頭《かしら》もその手伝いをしています。それよりも、先ほど東洋先生と去った人は、誰ですか」

「旅をして江戸に来た人です。店の前で具合が悪くなられたので、お助けしました。行くあてがないので、今夜は東洋先生のところに泊まるそうです」

「そうですか。どこから来たと言っていましたか」

「さあ、そこまでは」

いつもと違うかえでの様子に、お琴は首をかしげた。

「あの人が、何か」

「いえ」

かえでは笑顔で頭を下げ、隣にいるので何かあればすぐに知らせてくれと告げると、きびすを返した。

お琴が店に入ると、入口のそばに百合が立っていた。

驚いて目を見開くお琴に、百合がおよねを気にしながら訊く。

「煮売り屋の人、左近様のご家来よね」

「ええ、そうです」

「左近様のこと、何か言っていなかった」

「何も。どうして、そのようなことを訊くのです?」

「およねさんから聞いたんだけど、近頃はまったく来られていないそうじゃないの」

「日が空くのは、珍しいことではないですから」

途中だった店じまいをしはじめるお琴に、百合が訊く。

「店の絵図面を見てくれたかしら」

「その話は、もう……」

百合はお琴の手を止め、両手をにぎった。

「西ノ丸の噂、お上が否定するどころか、江戸中に広まってる。もう決まったことなのよ。本人に確かめるまでもないと思う」

お琴は手を離して、背を向けた。

百合はため息をつく。

「今日は帰るわね。次に来た時は、はっきりした返事をちょうだい」

「ですから、わたしは……」

振り返ったお琴の言葉を遮るようにして、百合が言う。

「お琴ちゃん、一生を城の中だけで堅苦しく暮らすか、いろんな人を相手に商売をして、女の幸せと両方を手にするのと、どっちがいいのよ。はっきりしているのは、側室として西ノ丸に入れば、いつ部屋に来てくれるかわからない人を待ちながら暮らし、死ぬまで外へ出られない。そんな暮らしにお琴ちゃんが耐えられるとは、わたしにはとても思えない。悪いことは言わないから、もう一度よく考えてちょうだい」

百合は真剣な眼差しで向き合い、また来ると言って、帰っていった。

涙が出そうになったお琴は、顔を天井に向けた。

「左近様から聞くまでは、信じないから」

自分に言い聞かせるために独りごちたお琴は、表の戸締まりをすませ、台所にいるおよねを手伝いに行った。

店じまいをした三島屋の軒先に風が吹き、砂埃《すなぼこり》が舞う。

風に着物の袖を揺らして現れたのは、片腕の男、奏山《そうざん》だ。

奏山は三島屋の軒先で立ち止まり、供の侍に訊く。

「ここが、綱豊の女の店か」

「はい」

「次に現れた時が、奴の命日だ。よいな」

「万事、おまかせを」

かえでは店の中で掃除をしていたのだが、ふと殺気を感じて、外に振り向く。気配を察した奏山は、煮売り屋に鋭い眼差しを向けた。

かえでが外に出て、三島屋を見た。だが、すでに殺気は消え、軒先に怪しい人影はなかった。

「気のせいか」

油断のない眼差しを通りに向け、店に入って腰高障子を閉めた。

路地に身を隠していた奏山と配下の侍は、そっと通りの様子をうかがったのだが、店に入ったかえでの姿を見ることなく、その場を立ち去った。

七

お咲が三島屋に来たのは、翌日だった。

客と共に櫛を選んでいたお琴は、店の入口で頭を下げるお咲に笑顔でうなずき、奥で待つよう促す。

櫛を見ていた客が、お琴が選んでくれた物にすると言うので、山茶花《さざんか》の塗り櫛を手に取った。

「こちらがお似合いになると思いますよ」

「まあ、きれいね。赤い花びらの真ん中は金箔かしら」

「はい」

「気に入ったわ。これくださいな」

「ありがとうございます。お包みしますので奥へどうぞ」

支度をして代金をもらったお琴は、客を外まで送り出して品物を渡し、頭を下げた。

店に戻り、別の客に会釈《えしゃく》をしながら奥へ行くと、待っていたお咲が頭を下げた。

「おかげさまで、よくなりました」

「災難だったわね。元気になってよかった」

「はい」

笑顔のお咲に、お琴が訊く。

「これから住むところを探すの？」

「あのう……」

ためらうお咲に、お琴は訊く顔を向けた。

お咲は、申しわけなさそうな顔をする。

「もしよければ、わたしをここで雇っていただけませんか。なんでもしますから」

必死に頭を下げるお咲の様子に戸惑ったお琴は、およねに顔を向けた。

およねが客を待たせて歩み寄り、お咲に告げる。

「お咲ちゃんは若くて可愛らしいけどね、素性がわからないから、すぐには返事できないよ。まずは、じっくりお話を聞かないと。ねえ、おかみさん」

「え、ええ、そうね」

「そういうことだから、手が空くまで待ってちょうだい」

「はい」

素直なお咲に、およねは優しい笑みを浮かべた。

お琴は何か思いついた顔を、お咲に向ける。

「何もしないで待つのは退屈でしょうから、お店を手伝ってもらいましょうか。棚《たな》の乱れた品物を整えるくらいは、できるでしょう」

「はい」

お咲は明るい顔で応じた。

およねが驚いた顔を、お琴に向ける。

「おかみさん?」

「今日は忙しいから、助かるでしょ」

「それもそうですね」

あっさり賛同したおよねが、お咲を客がいない棚に連れていき、品物を整えるよう指図した。

お琴は客の相手をしながらお咲の様子を気にしていたのだが、笑顔を絶やさず、細々《こまごま》と気が利いてよく働く。

そんなお咲を店の者と見たのだろう、年増の客が呼び止め、白粉《おしろい》のことを訊いた。

お琴が助けに入ろうとしたが、お咲は戸惑うことなく客の相手をし、今日来たばかりなので少々お待ちください、と丁寧《ていねい》に断り、お琴のところに来た。

「お店で一番おすすめの白粉が欲しいそうです」

それなら、と言って、お琴は白粉の名を告げ、値も教えた。

「お見送りまでやってみせて。手伝うから」

「いいんですか」

「さ、お待たせしては失礼よ」

お咲は笑顔で応じて、客のところへ戻った。

言われたとおりに白粉をすすめると、客は納得して買い、お咲の見送りに満足した顔で帰っていった。

客足が落ち着いたのは、日が陰りはじめた頃だった。

「今日はいつにも増して忙しかったですねえ」

およねが満ち足りた様子で言い、背伸びをした。

お琴がお咲を気遣う。

「身体の具合はどう？」

「平気です」

そう言った時、お咲の腹の虫が鳴ったので、皆で笑った。

およねが言う。

「おいしいおまんじゅうがあるから、今のうちにお茶にしましょう」

三人は板の間に上がり、目隠しの屏風《びょうぶ》の奥に座った。

お琴がお咲にまんじゅうをすすめながら訊く。

「お店で働くのに慣れているようだけど、国では何をしていたの」

顎を引いてまんじゅうをひとつ手にしたお咲が、遠くを見る目を天井に向ける。

「十三の時から働きに出て、いろいろと。うどん屋に、団子屋、江戸に来る前は、袋物屋《ふくろものや》でお世話になっていました」

「そうだったの。初めに言ってくれればよかったのに」

およねが、茶を淹れた湯呑みを、お咲の前に置いた。

「それでお咲ちゃんは、どこから来たんだい」

「わたしは江戸生まれなのですが、親の事情で、磐城平藩《いわきたいらはん》のご城下で育ちました。

でも……」

ためらうお咲に、お琴が訊く。

「わけあって、村を出たと言ってたわね」

お咲はうなずいた。

「親は江戸から磐城平のご城下に移って、袋物の小さなお店を持ったのですが、うまくいかずに、閉めてしまったのです。おとっつぁんはそれ以来、働かなくなってしまい、ご城下を出て村の空き家を借り、畑をしながら暮らしていたのですが、それだけでは食べていけないので、わたしが家を出ました。江戸で働いて、弟と妹のために、少しでもお金を送りたいと思っています」

洟《はな》をすすったおよねが、お琴に顔を向けた。

「おかみさん、この子を雇ってあげてください」

素性がどうのと警戒していたわりに、親身になって頼むおよねに、お琴はひとつうなずくと、お咲に顔を向けた。

「今日からお願いできるかしら」

しんみりとした様子で身の上を語っていたお咲が、途端に明るい表情になる。

「はい！」

「住むところが見つかるまで、うちに泊まってちょうだい」

「いいんですか」

「ええ。狭いけど、裏の部屋が空いてるから、そこを使って」

「ありがとうございます」

お咲は両手をついて頭を下げた。

およねが笑顔で言う。

「そうと決まったら、よろしくね」

「こちらこそ、よろしくお願いします」

お咲はふたたび頭を下げ、お琴とおよねの湯呑みに茶を注いだ。

およねがまんじゅうを食べながら、お琴に告げる。

「左近様が来られたら、びっくりされるでしょうね」

「いつ来られるかわからないから、お咲さんの家が先に見つかるわよ」

「それもそうですね。まったく旦那は、どこで何をされているのやら。うちの人なんて、もう顔を忘れちまったと言って、怒ってましたよ」

「どなたか来られるのですか」

訊くお咲に、およねがしかめっ面を向ける。

「おかみさんと恋仲のお侍なんだけどね、いつまで経ってもはっきりしないから、周りの者はいらいらしてるんだよ」

「ちょっと、およねさん」

困り顔のお琴に、お咲は身を乗り出す。

「どんなお人なのですか？」

「そのうち会えるから」

「おかみさんが好きになられるのだから、きっと素敵な方なのでしょうね」

憧《あこが》れの眼差しを向けるお咲に、およねが訊く。

「そういえばお咲ちゃんはいくつなの」

「十八です」

「それじゃ、縁談のひとつやふたつはあったでしょ」

「いいえ、一度も」

「どうしてよ、こんなに可愛らしい顔をしているのに」

「店を潰した親の娘ですから、なかなか。田舎《いなか》は狭いですし」

およねが気の毒そうな顔をした。

「江戸でいい人が見つかるわよ。頑張りましょうね」

笑顔でうなずいたお咲は、表の掃除をすると言って外へ出た。

およねがお琴に言う。

「いい子が来てくれましたね」

「ええ」

「お咲ちゃんを雇ったことで、三島屋を続けるおかみさんの気持ちが、百合さんに伝わるといいですね」

「そうね」

「左近様が来られなくても、少しは寂しくなくなりますね」

「……………」

お琴は顔をうつむけた。

もう来ないのではないか、という不安に襲われたのだ。

かえでの様子もどこかいつもと違っていたような気がしていたお琴は、昨夜は一睡もせずに、左近のことを考えていた。

百合が言ったように、たとえ二度と城から出られなくても、許されるなら西ノ丸へ入り、愛《いと》しい左近のそばにいたい。

側室でも構わない。

何も応えずにいるお琴の様子を見て、およねが不安な顔をする。

「おかみさん？」

呼ばれて、お琴は顔を上げた。

「あのね、およねさん。ずっと考えていたことがあるの。聞いてくれる」

「なんです、改まって」

「この三島屋を引き継いでくれないかしら」

およねは目を見張った。

「まさか、百合さんと京に行く気ですか」

「それは、左近様次第で決めようと思うの」

「左近様次第、というと、つまり……」

お琴がうなずくと、およねは嬉しそうな顔をした。

「一緒になろうって、言われたんですね」

「前から、共に暮らしたいと言われていたの。黙っていてごめんなさい」

「いつ祝言《しゅうげん》を挙げられるのです」

「まだ何も決まっていないわ。お返事もまだしていないの」

「次に来られたら、お伝えするのですね」

お琴はうなずいた。

「ああもう、左近様ったら、こんな時に来ないなんて、じれったいったらありゃしない」

「およねさん聞いて」

「はいはい」

「もしもわたしがここを出ることになれば、お店を引き受けてほしいの。どうかしら」

およねは、不安そうな顔をした。

「あたしには、おかみさんのように、若い人が気に入る品を揃える才覚はないですよう」

「それはおよねさんがそう思っているだけよ。今日だって、およねさんが選んでいた品がいくつも売れたじゃない」

「あれは、たまたまですよう」

「売れたことには変わりないわ。およねさんなら大丈夫。きっとうまくいく」

「おかみさんにそう言われると嬉しいですけどね、あたしにはとても……」

およねは引き受けてくれそうにない。

お琴は肩を落とした。

「この店を続けると言っておきながら、勝手なこと言ってごめんなさい」

およねが慌てた。

「あれは、百合さんの誘いに応じるかどうかってことだったでしょう。左近様とのこととなると、話は別ですよ。うちの人もあたしも、左近様とおかみさんには一緒になってほしかったんですから。あたしが引き受けないからって、左近様とのことやめたりしないでくださいよ。幸せになってくださいよ」

左近と離れたくない、そばにいたいと思って、およねに気持ちを明かしたお琴だったが、幸せになってくれと言われて、旗本だった親のことが頭に浮かんだ。

父が政敵に敗れて切腹をしたことで、家はなくなった。

そのことが、幼いお琴のこころに棘《とげ》となって残り、これまで左近の申し出を断っていたはずなのに……。

浮かぬ顔をするお琴を、およねが心配した。

「おかみさん、どうしたんです？」

「小間物屋をやめて、幸せになれるかしら。およねさんは、権八《ごんぱち》さんと一緒になって幸せ？」

およねは少し間を置くと、言葉を選ぶようにしながら答える。

「そりゃまあ、夫婦ってのは楽しいことばかりじゃないですよ。けどね、二人だからこそ乗り越えられることもありますし、夜だって怖くないですから、独りよりはずっと、幸せなんじゃないですかね。あの百合さんだって、旦那様がいるのだし。あとは、商売を取るか、奥方様として左近様を支えるか、おかみさんの気持ち次第じゃないですか」

側室で、役に立てるのだろうか。

——死ぬまで外へ出られない。そんな暮らしにお琴ちゃんが耐えられるとは、わたしにはとても思えない。

百合の言葉が頭に浮かび、お琴は忘れるために、かぶりを振った。

およねが身を乗り出す。

「迷っているんですか？」

「武家に入るのが、正直怖くて」

側室だとは言えずにいると、およねが手をにぎった。

「左近様なら、きっと守ってくださいます。お店のことは心配しないで、飛び込んでみたらどうですか」

「およねさん」

「自信はまったくないですけど、おかみさんのためにも、やれるところまでやってみますから、迷わないで」

お琴は笑顔でうなずいた。

――早く左近様に会いたい。

そう思うと同時に、会えるのだろうかという不安に襲われ、胸が苦しくなる。

割れた茶碗のことが脳裏《のうり》をかすめ、不吉な予感に駆られたお琴は、立ち上がった。

かえでに頼んで、左近に会わせてもらおう。

「ちょっと、出かけてくるわね」

「どちらに行かれます？」

「すぐ戻るから」

そう言って出ようとしたところに、かえでが来た。切羽詰《せっぱつ》まった顔をしているので、お琴は左近に何かあったのかと思い、こころが張りつめた。

かえでがお琴に頭を下げる。

「おかみさん、しばらく泊めてください」

「えっ」

「うちの大将が許せなくて」

これはきっと芝居だ。

察したお琴が、庭に誘った。

およねとお咲が店にいるのを確かめたお琴が、声を潜める。

「左近様に、何かあったのですか」

かえでは、不安そうな煮売り屋の女の顔から一変して、甲州忍者の厳しい顔つきになる。

「詳しいことは申し上げられませんが、殿はご無事です。ただ、しばらくこちらにはまいられません。何かお伝えすることがございましたら、わたしが承《うけたまわ》ります」

会わせてくれと頼もうとしたお琴は、お役目の邪魔になると思いなおし、首を横に振った。

「ご無事なら、それだけでいいのです」

「店にいる女は何者ですか」

「お咲さんのことですか」

お琴がお咲を雇うまでの経緯《いきさつ》を教えると、かえでは厳しい眼差しをした。

「雇うのをやめることはできませんか」

お琴は驚いた。

「どうして、そんなことを言われるのです」

「ひとつ屋根の下で得体の知れぬ者が寝食を共にするのは、あまりに危ないからです」

「お咲さんは、そんな人じゃ……」

「西ノ丸の噂は、ご存じですね」

「はい」

「殿は、そのことでお命を狙われております」

お琴は息を呑《の》んだ。

かえでは厳しい顔で続ける。

「相手は、間者を使う強敵。油断はなりませぬ」

「お咲さんは、そのような人ではないはずです。それに、雇ったばかりの人に、なんと言って出ていってもらえばいいのですか」

かえでは目線を下げた。

「そうおっしゃると思い、先ほどはあのような芝居をしました。殿からお守りするよう命じられておりますので、どうか、おそばに置いてください」

お琴が承諾すると、かえでは薄い笑みでうなずき、煮売り屋の女の顔になった。

「ああ、よかった。おかみさん、恩に着ます」

大仰《おおぎょう》に安堵の声を出して頭を下げていると、およねとお咲が庭に出てきた。

およねが訊く。

「かえでさん、どうしたの？」

かえでが明るい顔で振り向く。

「今日から、住み込みで雇っていただくことになりました」

「ええっ！　煮売り屋はどうするんだい？」

「もう知りませんよ。さっきうちの大将が帰ったと思ったら、当分帰らないと言ってまた出ていったんですから。女に決まってますよ」

「あれまあ、それは大変。帰ってきたら、あたしがとっちめてやるよ」

「大将との思い出がある店には、いたくないんです。ですから、おかみさんに頼んで、今日からお世話になることになりました」

「ははあ」

呆《あき》れ顔のおよねに頭を下げたかえでは、様子をうかがうような眼差しを向けているお咲に対して、商売人の笑顔で頭を下げた。

お琴はお咲とかえでを交互に見たのだが、甲州忍者のかえでが、お咲から何を感じ取っているのか、わかるはずもなかった。

第二話　お琴《こと》の涙

一

「小五郎はいるか」

文机《ふづくえ》に向かっていた新見左近の声に応じて、小五郎が廊下で片膝《かたひざ》をつく。

一通の文《ふみ》をしたためていた左近は、小五郎の前に歩み寄る。

毒がきれいに抜けた左近は顔色も元に戻り、東洋からは、前と変わらぬ暮らしができると言われているのだが、どこか沈んだ表情をしていた。

「これを、岩城泰徳《いわきやすのり》に届けてくれ」

文を送る相手は、本所石原町《ほんじょいしわらちょう》にある甲斐無限流《かいむげんりゅう》の道場主で、お琴の義兄《あに》だ。

左近とは親友とも言える間柄なのだが、ずいぶん会っていない。

小五郎は文を受け取り、左近の顔を見た。

よろしいのですか、という眼差しを向けている。

「昨夜話したとおりにするしかない」

左近の言葉に、小五郎は神妙な面持《おもも》ちでうなずき、走り去った。

入れ替わりに、間部詮房が来た。

「殿、そろそろお出かけの刻限です」

「うむ」

無紋《むもん》の羽織《はおり》と袴姿《はかますがた》の間部は、編笠《あみがさ》を持っている。

同じように無紋の羽織袴で身支度をすませていた左近は部屋に入り、宝刀安綱《やすつな》を帯《お》びて庭に出た。

間部と共に抜け穴に入り、藩邸の外に出ると、先に出て周囲を探っていた坂手文左衛門が頭を下げた。

「怪《あや》しい者はおりませぬ」

「うむ。ではまいろう」

「はは」

文左衛門はきびすを返し、左近の前を守りながら町中へ向かう。

左近が間部と文左衛門しか連れていないのは、向かう先が、駒込《こまごめ》にある水戸藩の別邸だからだ。藩主光圀の計らいで、尾張藩主の光友と密《ひそ》かに会うことになっている。

たった二人しか供を連れていないこの行動は、命を狙う者にとっては、まさに好機。

前を守る文左衛門は、油断なく気配を探り、歩みを進めていく。

左近は、片腕の剣客が現れるのを待っていた。来れば捕らえて、裏で糸を引く者の正体を暴《あば》くつもりでいたのだが、水戸藩の別邸に入るまで、怪しい人影すらなかった。

無事到着して、ひとまず安心する文左衛門の横で、間部が声を潜《ひそ》めて言う。

「殿、これは罠《わな》ではないでしょうか。光圀様がもし、光友侯に荷担《かたん》されていたとすると、危のうございます」

左近は穏やかな顔を向けた。

「余《よ》は、光圀殿を信じている」

そう言うと、出迎えていた藩士に安綱を渡し、案内に従った。

これより一刻（約二時間）前、尾張藩附家老の早瀬《はやせ》大和守《やまとのかみ》は、大名《だいみよう》駕籠《かご》に乗って藩邸を出発した。

早瀬が向かうのは、江戸城だ。

早瀬は、元は綱吉の側近の一人だったのだが、徒目付《かちめつけ》をしていた頃の仕事ぶりを買われて、附家老として尾張徳川家に派遣されたばかりだ。綱吉の下《もと》では八千石まで加増をされていたが、附家老を拝命してからは三万石に加増され、まさに大出世をしていた。

綱吉に呼ばれたのは、むろん、尾張徳川家の様子を伝えるためである。

早瀬は、今日光友が左近と会うことを知らされていなかったが、藩邸内に放っている密偵から聞いていたので、役目を果たすべく、綱吉の耳に入れるつもりでいる。

飯田坂《いいだざか》の手前を右に曲がり、牛ヶ淵《うしがふち》沿いをくだって清水御門《しみずごもん》のほうへ向かっていた一行の背後から、迫る者がいた。

着物の左の袖《そで》が、ゆらゆらと揺れている。

最後尾の家来が足音に振り向いた刹那《せつな》、片腕の奏山が抜刀《ばつとう》しざまに胴を斬った。

「ぐあああっ！」

大絶叫をあげた家来が、血が噴き出る腹を押さえて倒れた。

動揺した供侍が、慌《あわ》てて刀の柄袋《つかぶくろ》をはずして抜こうと手をかけたが、胸を突かれ、血を吐いて倒れた。

「おのれ！」

抜刀した別の供侍が斬りかかる。

奏山の剣は凄《すさ》まじく、応戦した供侍からかすり傷ひとつ負わされることなく斬り進み、陸尺《ろくしゃく》が担《かつ》ぐ大名駕籠に迫る。

大名駕籠の前側を守っていた供侍が奏山に襲いかかろうとしたが、清水御門側から新手が現れ、乱戦となった。

陸尺たちは奏山を恐れ、駕籠から離れて逃げ場を探している。

ぽつりと残された黒漆《くろうるし》塗《ぬ》りの大名駕籠の戸が開き、中から早瀬が這《は》い出た。

奏山はほくそ笑んで歩み寄り、怯《おび》えた顔を上げた早瀬の背中に、刀を突き入れた。

「ぎゃあああっ」

悲鳴はやがて、呻《うめ》き声に変わった。

奏山は刀を引き抜き、首を突いて息の根を止めた。

早瀬の悲劇を知る由《よし》もない左近は、文左衛門を別室に待たせ、間部と共に案内された客間で、光友と顔を合わせている。

左近の右手には光圀が座り、三人が車座《くるまざ》の形を取っているのは、尾張、水戸、甲府の徳川家で、誰が上でもないということだ。

まずは光圀が、いささか思いつめた顔で口を開いた。

「本来ならば、ここに紀伊殿がいれば役者が揃《そろ》うのだが、上様に筒抜《つつぬ》けゆえ、誘わなんだ。はっきり申せば、上様は今、尾張殿の謀反《むほん》を疑《うたご》うておられる。昨日も城でお会いしたが、機嫌はすこぶる悪く、今日のことは言えなんだ。耳に入れば、謀反の合議と言われるかもしれぬ」

「まったくもって、厄介《やっかい》な事態になった。このような災厄《さいやく》が降りかかろうとは、思いもしなかった」

ため息まじりに言うのは光友だ。六十を過ぎている老大名は、心労のせいか疲れた顔をしている。

光友は、覇気《はき》のない顔を左近に向けて身を乗り出し、目を見つめながら言う。

「綱豊殿、嫡男《ちゃくなん》の綱誠を次期将軍にする野心など、尾張徳川家にはいっさいなく、奥の千代も同じ思いでござる。どうか、この危機を救うてくだされ」

神妙に頭を下げられたが、左近は、にわかには信じられなかった。

どう返すか考えている左近に、光友が顔を上げて続ける。

「これまでのことはすべて、尾張徳川家を貶《おとし》めようとする何者かの陰謀だと、信じていただきたい」

左近が、厳しい眼差しで訊《き》く。

「わたしを襲った者どもは、新陰流の遣《つか》い手《て》でございました」

光友は困惑したが、それは一瞬のことで、不服そうな顔で言った。

「綱豊殿が襲われたことは、光圀殿から聞いている。新陰流というだけで、当家に関わりがある者と疑っておられるのか」

「はい」

はっきり言う左近に、光友は鋭い眼差しとなり、表情に怒気《どき》が浮かんだ。

「確かにわたしは新陰流六世を名乗り、家臣団も遣い手が多い。だが、ご存じのとおり新陰流は、上泉信綱《かみいずみのぶつな》殿によって日ノ本《ひのもと》中に広められており、特に珍しい剣術ではない。この江戸にも、熱心に指導する道場がいくつかあるゆえ、それなりの遣い手がいても珍しいことではなかろう。曲者《くせもの》が新陰流を遣う……それだけで疑われるのは、難癖に等しいことと思うが、いかがか」

左近のそばに控えていた間部が口を開いた。

「おそれながら、尾張様に申し上げます」

光友が厳しい眼差しを向ける。

間部は、居住まいを正して訊く。

「澤山という名に、覚えはございませぬか」

すると光友は、明らかに動揺した。

見逃さない間部が、曲者の跡をつけていたかえでが気づかれてしまい、不覚を取って攫《さら》われたことを包み隠さず教えた。

「当家の者を攫った曲者どもが、始末をどうするかは澤山の指示に従う、と申していたのを、はっきり聞いているのです」

光友は目を閉じ、ため息をついた。

その様子に、光圀が眉根《まゆね》を寄せて光友に訊く。

「心当たりがおありのようだが、ご家来ですか」

「違います」

「まさか、千代姫に仕《つか》える者ではございますまいな」

かぶりを振るが何も言おうとしない光友に、光圀が険しい目を向ける。

「光友殿、ここは正直に話されたほうがよい。隠し立てをしておっては、疑いが晴れませぬぞ」

光友はうなずき、左近に顔を向けた。

「攫われたご家来は、確かに澤山の名を聞かれたのですか」

「はい」

「下の名は？」

「聞いておりませぬが、備前守とも口にしておったそうです」

光友は肩を落とした。

「その者が澤山右京《うきよう》ならば、尾張徳川家、いや、このわたしを貶めるために、綱豊殿を狙ったに違いござらぬ」

「わけを、お聞かせください」

光友は左近にうなずき、右京のことを話しはじめた。

「澤山右京は、わたしと共に柳生厳包《やぎゆうとしかね》に新陰流を学び、六世の座を争うまでの遣い手でござった。だが、右京は性根が悪く、剣の腕が達人と言えるまでに上がった頃になると、徒党を組んでいた奏山という剣客と、名古屋《なごや》城下で辻斬《つじぎ》りを楽しむようになり……役人の手が回ると町から離れ、目星をつけた村を襲っては人を斬り、やがては、女子供まで無慈悲《むじひ》に斬るようになりました。だが、悪事が続けられるはずもなく、生き残った村の者の訴えで、右京の所業が発覚したのです」

「それで、どうなされた」

訊く光圀の顔を見て、光友は悔しげに答える。

「師である厳包に相談し、共に討伐《とうばつ》に動いて追い詰めたのですが、あと一歩力が及ばず、逃げられてしまいました」

光友は、ふと思い出したような顔をして、間部に向く。

「間部殿は先ほど、ご家中が片腕の剣客に襲われたと申されたが、そ奴はどちらの腕を失っていたか、ご存じか」

これには左近が答えた。

「左腕です」

やはり、とうなずいて苦渋《くじゅう》の顔をした光友が、左近に言う。

「これではっきりしました。澤山右京が、裏で糸を引いておりましょう」

「片腕の男が、澤山右京と徒党を組んでいた奏山ですか」

「さよう。奴の左腕はわたしが斬ったゆえ、間違いござらぬ。右京は奏山を助けるために、我らが追い詰めていた崖《がけ》から海に飛び降りたのですが、その日は海が荒れており、生死を確かめることができなかった。以来十数年、噂《うわさ》すら耳にしなかったゆえ、死んだものと思うていたのです」

　まさか生きていたとは、と言って眼差しを下げる光友に、左近が訊く。

「澤山はどうやら備前守と称しておるようですが、光友殿に仕え、それなりのお役に就《つ》いておったのですか」

「お役どころか、ただの一度も、当家の禄《ろく》を食《は》ませたことはござらぬ。右京は備前の浪人ゆえ、自ら備前守などと称しているのでしょう」

　右京と奏山は、恨《うら》みがある尾張徳川家を破滅させるために、鶴姫と己の命を狙い、綱吉の疑念を向けようとしたのだろうか。

　浪人にしては、徳川宗家の内情に詳しすぎる。

　左近は、光友の言葉を鵜呑《うの》みにしては危ういと思い、光圀に顔を向けた。

　光圀も、話がうまくできすぎていると思っているのか、左近を一瞥《いちべつ》し、光友に厳しい顔を向ける。

　二人が疑っていることを悟《さと》った光友が、苦々しげに告げる。

「信じておられぬようですが、嘘《うそ》ではござらぬ」

　光圀が渋い顔で言う。

「話ができすぎておるゆえ、上様が信じてくださるかどうかわからぬな。捕らえたとしても、主君を守るために嘘をついておると言われかねぬ」

「かくなるうえは、この皺腹《しわばら》をかっさばいて、身の潔白《けっぱく》を訴えるしかござらぬ」

さらばでござる、と言って立ち上がった光友を、左近は止めようとした。

そこへ、光友の家来が来た。

廊下に片膝をついた家来は、焦《あせ》りの色を浮かべている。

「いかがいたした」

光友が訊いたが、家来は左近たちがいるのでためらった。

「構わぬ、申せ」

光友に促《うなが》され、家来は頭を下げた。

「早瀬様が、登城の途中で片腕の剣客一味に襲われ、落命されたとの知らせがまいりました」

「何！」

愕然《がくぜん》とする光友に、光圀が鋭い眼差しを向ける。

「重臣ですか」

光友が青ざめた顔を向ける。

「上様から新たに遣《つか》わされた家老です」

光圀は険しい顔でうなずく。

「附家老が斬られたとなると、上様が尾張藩に向けられた疑いは、確信へと変わる。これは一大事ですぞ」

光友は、くずおれるようにして腰を下ろす。

「申し開きが叶《かな》わぬなら、家光公の血を引く綱誠を出家させ、わたしは腹を切る。そこまですれば、尾張徳川家の存続だけは、お許しいただけよう」

光圀は渋い顔をするも、止めようとしない。

左近が口を挟んだ。

「どうも、腑《ふ》に落ちませぬ」

腕組みをする左近に、光友と光圀が目を向けた。

左近が言う。

「澤山がどのような者かは知りませぬが、浪人者が、そこまで策をめぐらせるでしょうか」

光圀が目を細め、探る顔を向ける。

「後ろに、大物がおると」

左近はうなずく。

「昔の恨みを晴らすなら、鶴姫様とわたしを狙って疑いの目を向けるより、光友殿と綱誠殿のお命を狙うはず。柳生厳包殿のお命も狙うのではないでしょうか」

「剣のみでは敵《かな》わぬゆえ、上様の怒りを尾張家に向けようと策を……」

途中でやめた光圀が、左近を見据《みす》えた。

「意趣返《いしゅがえ》しではなく、家光公の血を絶《た》やすのが、真の目的か」

左近がうなずく。

「わたしと綱誠殿、鶴姫様の身体に流れる家光公の血を絶やして得をする者は、誰だと思われますか」

光圀と光友は首をひねる。

しばしの沈黙のあと、光友が口を開く。

「次期将軍になりうる三名の血を絶やして得をするのは……」

光友はそこまで言ったところで、光圀に眼差しを向けた。

光圀は目線をはずさず、受け止めている。

その曇りのない眼差しに、光友はふっと息を吐いた。

「光圀殿は、あり得ませぬな」

「当たり前にござる」

「忘れてくだされ」

不服そうな顔を向けていた光圀に軽く頭を下げた光友が、腕組みをして前を向き、考える顔でつぶやく。

「綱豊殿と鶴姫様は命を狙われた。誰が考えても、疑いは尾張に向けられる。澤山右京が何者かの指示で動いているとすれば、いったい誰が糸を引いているのだろうか」

光圀が、詮索《せんさく》する眼差しで言った。

「真の狙いは、家光公の血を絶つことではなく、上様の血を守るためかもしれぬな」

これには左近が反論した。

「鶴姫様には、毒が盛られておりますが」

光圀が目を細める。

「この中にいる誰も、見ておらぬことじゃ」

光友が驚いた。

「まさか、相手は将軍家と言われるか」

「鶴姫様に毒が盛られたのを理由に、綱豊殿を西ノ丸に誘えば、黙っている綱豊殿ではあるまい。必ずや、鶴姫様のお命を狙う者を捜しに動かれる。そこまで読んでの策も、あるのでは……」

光友は、左近に顔を向けた。

「光圀殿が申されるとおり、澤山がわたしを恨んでいることを知った何者かが裏で操《あやつ》り、綱豊殿の命を狙わせれば、綱誠を将軍へと望む尾張の仕業《しわざ》だと思わせることができる。綱豊殿は奏山に襲われた時、尾張の仕業と思われたであろう」

左近は顎《あご》を引いた。

光圀が言う。

「まんまと、策に嵌《は》まったということか」

光友が悔しげに顔を歪《ゆが》めた。

「上様が糸を引いているなら、この腹を切って綱誠を出家させたところで、無駄なことだ」

光圀が心配顔を向けた。

「もしも上様の策とわかれば、どうするおつもりか」

「腹黒い思惑をもって尾張徳川家を潰すというなら、その前に江戸を抜け出して国へ戻る」

「将軍家と、一戦交《まじ》えるおつもりか」

光友は、光圀にうなずいた。

「わたしも武士の端《はし》くれ。将軍の大軍勢を相手に思う存分戦い、城を枕に死ぬ」

「それこそが、黒幕の狙いかもしれませぬ」

顔を向ける光友と光圀を見据えながら、左近が続ける。

「家光公の血を引かれる若君がおられる尾張家と、将軍家が衝突すれば、尾張家に味方する大名が必ず現れます。そうなれば、天下は真っ二つに割れ、大乱が起きましょう」

光友が立ち上がった。

「将軍家がそれを望むなら、受けて立つ」

「まだ、上様の所業と決まったわけではございませぬ」

「何?」

「落ち着いてくだされ、光友殿」

左近は光友が座るのを待ち、考えを告げた。

「まずは、澤山と奏山の両名を調べ、背後に黒幕がいるのか否《いな》かを突き止めるのが先かと。万事、わたしにおまかせください」

「それはならぬ」

光友が反対した。

「ここは、上様の求めに応じて西ノ丸に入ってくだされ。西ノ丸に籠《こ》もれば、たとえ黒幕がいたとしても、澤山と奏山は迂闊《うかつ》に手出しできまい。何も起こらなければ、尾張家に向けられた疑念も薄れる。もっともこれは、綱豊殿がわたしの無実を信じてくださればの話だが」

光圀が首をかしげる。

「それは甘うござる。西ノ丸に入った綱豊殿が命を落とせば、疑いの目は尾張徳川家に向けられよう。やはりここは、綱豊殿が申されるように、澤山一味を調べ、陰謀を暴くのが得策」

左近が顎を引き、光友に顔を向けた。

「尾張徳川家に向けられた疑いを解いていただけるよう、上様に頼みます」

「わたしを、信じてくださるのか」

左近はうなずいた。

笑みを浮かべた光友であるが、すぐに心配そうな顔をする。

「何をもって、疑いを晴らされる」

「万事、おまかせください」

光圀が探る眼差しを向けた。

「さては綱豊殿、西ノ丸に入ることと引き換えにするつもりか」

左近がうなずき、薄い笑みを浮かべた。

光圀が、左近のこころを見透《みす》かしたかのごとく、険しい顔をする。

「たった一人で、囮《おとり》になる気か」

「西ノ丸に入っても、頼りになる家臣がおりますので容易《たやす》く殺されはしませぬ。謀反を疑われ、ことが大きくなりますと世が乱れますので、お二方とこうしてお会いするのは、以後は控えさせていただきます」

光圀がうなずく。

「それがよかろう。だが、困った時は、いつでも頼ってくだされ」

頭を下げた左近は、光友には、くれぐれも身辺に気をつけてくれと頼み、根津の藩邸に帰った。

二

左近が尾張藩主らと会い、数日が過ぎた。

花川戸町の三島屋では、かえでによるお咲の監視が続いている。

若い女が三人もいる中で夕餉《ゆうげ》をとっていた大工の権八などは、

「なんだか照れちまうねぇ」

と言い、終始にやついている。

家の雰囲気は和《なご》やかで、お咲は年頃の娘らしくよくしゃべり、よく食べる。仕事ぶりも真面目で、まったく怪しい素振りは見せない。

かえでは折を見て、お咲に油断してはいけないと、お琴に告げていた。

お琴は、明るくて働き者のお咲が怪しい者とは思えぬらしく、次の朝、台所で洗い物をしていたかえでに歩み寄り、気にしすぎではないかと言った。

お琴から見れば、お咲はどこにでもいる町の若い女なのだが、忍びとして鍛錬《たんれん》を重ねているかえでの目はごまかせない。

お咲の目の運び、歩み方などの所作《しょさ》は、かえでから見れば、『未熟者』なのである。

かえでは手を止めて店に出ると、お咲が店の表を掃除しているのを確かめて台所に戻り、お琴と向き合った。

「用心に越したことはございませぬので、油断なされませぬように」

警戒をゆるめようとしないかえでに、お琴が戸惑う顔をした。

「ご心配はありがたいのですが、お咲ちゃんはただの娘だと思いますが……」

「家を探そうとしませぬので、用心に越したことはないと思ったのです。店が繁盛《はんじょう》していますから、盗賊に目をつけられていれば、引き込み役ということもあり得ますので」

「左近様が狙われていると聞きましたが、御身《おんみ》に何かあったのですか」

目を潤《うる》ませるお琴を見て、かえでは正直に話したほうがいいと思うのだが、口止めをされているので、真実を告げることはできない。

「何もございませぬ」

お琴の眼差しに耐えかねて、かえでは目を伏せた。

お琴が手をにぎってきたので、驚いて顔を上げた。

「正直に話して。何があったのです」

「…………」

かえでは、人の気配が近づくのを感じて、店に続く戸口に顔を向けた。

姿を見せたのはお咲だ。

「おかみさんにお客さんです」

かえでは柔和《にゅうわ》な笑みを浮かべた。

お琴が背を向けて涙を拭《ぬぐ》い、笑みを向ける。

「どちら様かしら」

「おれだ」

そう言ってお咲の後ろに現れたのは、岩城泰徳だった。

「義兄上《あにうえ》」

お琴は驚いた。

「久しぶりに顔を見たな。いつぶりだ」

「いつでしょう」

数えるお琴に、泰徳は、まあいいと言って笑い、刀を帯から抜いて上《あ》がり框《かまち》に腰かけた。

「たまには道場に顔を出せ。親父もお滝《たき》も、会いたがっているぞ」

「義父上《ちちうえ》は、息災《そくさい》ですか」

「おお、変わらずな」

泰徳は、ちらとお咲を見た。

お琴はお咲に、泰徳を紹介した。

「わたしの義兄《あに》なの」

お咲は、お世話になっていますと言って、辞儀をした。

泰徳は笑顔でうなずく。

お咲がお琴に、微笑《ほほえ》みながら言う。

「お兄様がおられたのですね」

「ええ」

ほんとうの兄ではないが、元武家の娘だと言いたくないお琴は、詳しい事情を告げず、目線を下げた。

察した泰徳が話題を変えようと、お咲に訊く。

「ここで働いているのか」

「はい」

「さようか。妹をよろしくな」

「こちらこそ、よろしくお願いします」

お咲は満面の笑みで頭を下げ、お琴にも頭を下げた。

お琴が笑顔でうなずき、泰徳に言う。

「かえでさんも働いてもらっているのよ」

泰徳が驚いた。

「煮売り屋はやめたのか」

「いろいろありまして」

言葉を濁《にご》すかえでに、そうか、とだけ言った泰徳は、お咲が外の掃除に戻るのを待ち、お琴に顔を向けた。

「およねさんはどうした」

「もうすぐ来ると思いますよ」

「では、それまでに話しておきたいことがある」

急に改まった泰徳を見て、お琴の顔から笑みが消えた。

「どうぞ、上がってください」

「いや、お咲の姿が見えるここがいい」

「どういうことですか」

戸惑うお琴に、泰徳は声を潜めた。

「今日来たのは、左近殿に呼ばれたからだ」

「ここに、ですか？」

「うむ。昼までには来られるはずだ」

ぱっと明るい顔になるお琴に、泰徳は厳しい表情で告げる。

「呼ばれたのは、噂になっている西ノ丸のことだろうな。何か聞いているか」

お琴は神妙な顔で、首を横に振った。

泰徳がかえでをちらと見て、お琴に訊く。

「もし側室に望まれたら、どうする」

お琴は少しためらい、実は……と言って、屋敷に入るよう望まれていることを教えた。

泰徳が訊く。

「答えは出しているのか」

「左近様のおそばにいたいと思っています」

「そうか……」

腕組みをして考える顔をした泰徳は、お琴を案じているのか、黙り込んだ。

かえでは、泰徳からお咲に眼差しを転じた。掃《は》き掃除をしていたお咲の横を、行商《ぎょうしょう》の男が通り過ぎたのだが、一瞬のあいだに接触した。

お咲が何かを渡したのだ。

見逃さないかえでは、泰徳にささやく。

「お琴様をお願いします」

察した泰徳がうなずく。

店を出たかえでは、笑みを向けるお咲に微笑んだ。

「ちょっとお使いに行ってくるわね」

「わたしが行きます」

「いいのよ」

行商の男が去った北へ足を向けたかえでは、お咲の視線を感じながらあとを追った。

荷を背負った行商の男は今戸橋《いまどばし》を渡り、千住のほうへ歩いていたのだが、人通りが多くなった道で右の路地へ入った。

かえでは商家の角に身を寄せ、用心深く路地をのぞいた。すると、路地に姿がない。

走っていくと、行商の男は大川《おおかわ》のほとりに座り、草鞋《わらじ》の紐《ひも》を結びなおしていた。

かえでは抜かりなく、物陰から見ていた。

子供たちが路地から走ってきて、かえでの横をすり抜けて道に出ると、別の路地へ走り込んだ。無邪気に追いかけっこをしているのだ。

その子供たちを見た行商の男が立ち上がる。そこへ、川下から小舟が近づいてきた。

男は身軽に飛び乗り、小舟は岸から離れていく。

物陰から出たかえでに振り向いた行商の男が、不敵な笑みを浮かべた。

「気づかれていた。まさか……」

――お琴様から引き離すための罠。

かえでは焦り、急ぎ三島屋に帰った。

泰徳がいるので大丈夫だとは思うが、油断はできない。

走って戻ったかえでは、三島屋を見張る侍がいることに気づき、商家の軒先《のきさき》で立ち止まった。

肩に伸びてきた気配に応じ、咄嗟《とっさ》に腕をつかんで振り向くと、目を見張った。

「お頭《かしら》！」

顎を上げた小五郎が、苦笑いで言う。

「腕を上げたではないか。そいつを下ろしてくれ」

小五郎の顎のすぐ下には、棒手裏剣の鋭い切っ先がある。

「すみません」

　刃物を隠すかえでに、小五郎が告げる。

「店を見張っている奴らは、殿をつけてきた者だ」

「先日、お頭がおっしゃっていた、澤山右京の手の者でしょうか」

「おそらくそうだろう。殿は不忍池を避けられ、神田《かんだ》を回ってこられたのだが、いつの間にかつけられていた。途中人気《ひとけ》が絶えたところで襲う気配を見せたが、折よく先手組《さきてぐみ》の見廻りが通りかかり、事なきを得た。もっとも、片腕の男がいたなら、殿は捕らえるおつもりであられたが」

　かえでは真顔で訊く。

「ご報告したのに、どうして来られたのですか」

「殿のお考えあってのことだ」

「でも怪しい女が……」

「お前こそ、どうして店を離れた」

　小五郎に厳しく問われ、かえでは行商人のことを教えた。

「やはりあの女は、刺客です」

「今のところ、そういう素振りは見せないが」

　小五郎の眼差しの先には、三島屋の前で近所の男と話をするお咲がいる。

笑顔で世間話をしているお咲を見ながら、小五郎が言う。

「お前の言うとおり、あの女は忍びだ。よく見抜いた」

「はい」

「おれは侍を見張る。殿とお琴様を守れ」

応じたかえでは急いで戻り、店先で笑っていたお咲に、今帰ったと素知らぬ顔で言い、近所の男に愛想《あいそ》笑いをして中に入った。

三

泰徳とお琴の前に座っていた左近は、廊下に来たかえでに顔を向け、顎を引く。

廊下に控えたかえでは、店を開ける支度をしているおよねを近づけぬよう、気を配っている。

左近の前には、先ほどおよねが持ってきてくれた湯呑《ゆの》みが置いてあり、微《かす》かに湯気が立ち、ゆらゆらと流れて消えた。

泰徳と久々の再会を喜び、お琴には心配をかけたと詫《わ》びた左近は、先ほどから口を閉ざしていた。お琴の目から、涙がこぼれたからだ。

泰徳は険しい顔をして黙っていたのだが、左近が眼差しを向けたのを機に、口を開いた。

「西ノ丸に入る噂は、ほんとうなのか」

「うむ」

「いつだ」

「年明けの、鏡開《かがみびら》きの翌日と決まった」

「もう三月《みつき》もないではないか」

左近はうなずく。

泰徳がお琴を見て、左近に眼差しを戻した。

「西ノ丸に入れば、将軍家の世継ぎとなるのか」

「うむ」

「では、これまでのように外には出られなくなろう」

「おそらく、そういうことになる」

「ここにも、来られないのか」

左近は目を閉じ、長い息を吐いた。そして、お琴をじっと見つめて言う。

「お琴」

お琴はうつむいていたのだが、ゆっくり顔を上げ、左近と目を合わせた。

「はい」

「今日は、別れを言いにまいった。共に生きていきたいと望んでおきながら勝手なことを言うが、おれは、そなたを幸せにはできぬ」

お琴は目を見開き、すぐに瞼《まぶた》を伏せ、膝に置いていた手をにぎりしめた。

「許せ」

「………………」

言葉にならぬお琴の横で、泰徳が鼻先で笑った。

「やはり城に入るとなると、商人の女はふさわしくないか」

「いや……」

「はっきり言え。そうであろう！」

左近は目を下に向けた。

「そのとおりだ」

泰徳が怒気を込めた顔を左近に向けたまま、お琴に言う。

「聞いたか、お琴。お前は、城にお入りになる次期将軍様にはふさわしくないそうだ。これが武家だ。お前が嫌いな武家なのだ。己の都合で人を捨て、お前の父親のように、自害に追い込まれる憂《う》き目《め》に遭《あ》わされる者もいる。そんな武家の頂点に立とうとするこの男のことは忘れて、これからは好きな商売をして、女の幸せをつかめ」

「やめて」

お琴は泣きながら部屋から出ていった。

かえでがあとを追っていくと、お琴は店を飛び出した。

棚《たな》の品物を整えていたおよねが驚き、

「おかみさん！」

追って出て声をかけたが、お琴は顔を袖で隠しながら駆けていく。

「わたしにまかせて」

かえでがそう言って、あとを追う。

およねはお咲と中に入り、客間にいる左近のところへ向かった。

「左近様、おかみさんを泣かせて、いったいどうしたんですよう！」

廊下にいるおよねとお咲に、左近は真顔を向けた。

「お琴に、別れを告げたのだ」

およねが息を呑《の》んだ。

言葉より先に身体が動き、左近に詰め寄ると、悲痛な顔で腕をつかんだ。

「おかみさんは、左近様と一緒になるんだって、やっと決心されて、毎日毎日待ち続けていたのに、どうして。ねえ、どうしてですよう」

涙ながらに訴えるおよねの手をにぎった左近は、そっと腕から離した。

「ゆえあって、遠くへ行くことになったのだ。お琴を連れていくことはできぬ」

「遠くとはどこです。上方《かみがた》ですか」

左近は返答に困った。

泰徳がかわって言う。

「勝手な男なのだ、左近は。何もかも捨てて長い旅に出るそうだ。二度と江戸の町へ戻る気はないと言う奴に、可愛い妹はやれぬ」

泰徳は立ち上がり、左近を見くだした。

「帰ってくれ」

左近は腰を上げ、泰徳を見た。

泰徳は目に涙を浮かべ、唇《くちびる》を震わせている。

——さらばだ。

左近は胸の中で告げ、部屋をあとにした。

およねが泣く声を聞きながら店から出た左近は、かえでに肩を抱かれて煮売り屋の軒先にいたお琴を見つけた。

見たのは、ほんの一瞬だ。跡をつけてきていた侍の目があるので、左近はお琴とは反対側に足を向けた。

すぐに小五郎が駆け寄る。

左近は見張りに気づかぬふりをして町中を歩み、来た道を引き返した。

途中で合流した坂手文左衛門が、左近の背後に近づく。

「ほんとうに、よろしいのですか」

「今は、何も言わないでくれ」

左近の沈痛《ちんつう》な声に驚いた文左衛門は、小五郎に目を向けた。

小五郎は、小さくかぶりを振る。

左近は立ち止まった。

「小五郎」

「はい」

「これよりは、文左衛門と帰る。お琴に近づく怪しい者を、すべて遠ざけてくれ。場合によっては、斬っても構わぬ」

「承知しました」

左近は小五郎と別れ、根津ではなく、桜田《さくらだ》の上屋敷へと向かった。つけてくる気配はあったが、その者たちは左近が日比谷御門《ひびやごもん》を潜《くぐ》ったところで足を止めたらしく、外桜田の甲府藩上屋敷に入る時には、怪しい者の姿は消えていた。

左近はここで支度を整え、登城することになっている。

お琴に別れを告げて藩邸に入る左近の背中には、哀愁《あいしゅう》がにじみ出ていた。

四

「左近の野郎！　お琴ちゃんを袖にしやがって！」

やけ酒に声を荒らげた権八の手から、茶碗を奪ったおよねが、頬《ほお》を平手で打った。

「馬鹿！　なんだいその言い方は」

「だって、そうじゃねぇかよう」

涙声の権八は、歪めた顔を腕で隠し、嗚咽《おえつ》した。

お琴は奥の部屋に入ったきり、誰とも口をきいていない。

居間には泰徳をはじめ、かえでとお咲も揃っているのだが、およねが調《ととの》えた食事に誰も手をつけず、押し黙ったままだ。

洟《はな》をすった権八が、泰徳に酒をすすめた。

薄い笑みで応じた泰徳が言う。

「妹は心根が強い。日が経《た》てば、笑顔が戻る」

「あっしもそう信じて疑いやせんが、なんだってこんなことに。左近の野郎は、どこへ行くってんです？」

「はっきりとは聞いておらぬ。ただ言えるのは、お琴のことがいやになった。あの口ぶりは、そういうことであろう」

「あたしは信じられませんよ」

およねが苛立《いらだ》ち、奪っていた茶碗の酒をがぶ飲みしたので、権八が心配そうな顔をした。

「おい、やめておけ」

「うるさいね。飲まなきゃ気持ちが治《おさ》まらないんだよ」

二杯目を手酌《てじゃく》して飲んだので、権八は飛びつくようにして、ちろりを奪い取った。

顔を赤くしたおよねが大声で泣きだしたので、権八が肩を抱き、一緒になって泣いた。

ずっと左近とお琴を見てきた二人の悲しみように、泰徳は沈痛な面持ちをしている。

かえでは涙をこらえながら、お咲の様子をうかがった。

お咲は暗い顔でうつむいている。

お琴の気持ちに沿っているのか、それとも、左近がここへ来ないことに対する焦りから、このような顔をしているのか。

かえでには、本心が読めなかった。

泰徳が酒を飲み、権八に言う。

「妹のことが心配なので、しばらく泊まることにする」

権八が泣くのをやめて、顔を向けた。

「そいつは心強いですがね、道場はよろしいので？」

「いいんだ。あの様子では、しばらく商売にならんだろうから、みんなはゆっくりしてくれ」

およねやお咲の顔を見ながら言った泰徳は、隣の部屋に行き、お琴の部屋の襖《ふすま》の前で座った。

耳を近づけて中の様子を探る泰徳を見ていたお咲が、およねに顔を向けた。

「明日は、家を探しに行こうと思います」

およねが引き止めた。

「どうしてだい。おかみさんは、いつまでいてくれてもいいって言ったじゃないのさ」

「いつまでも甘えていてはご迷惑になりますし、わたし、一人で生きていくと決めて江戸に来ましたので」

「そうかい。それじゃ、あたしも一緒に行って、口をきいてあげるよ」

「お願いします」

頭を下げたお咲は、空のちろりを持って立ち上がると、台所に行った。

お琴は部屋から出る気配がなく、戻った泰徳が、泣いているようだと教えた。

それからは誰もしゃべらず、ただお琴に寄り添うように、部屋にとどまった。

悲しくとも、日はのぼる。

泣いて夜を明かしたお琴は、障子を開けて廊下に出ると、雨戸を開けた。

気づいたかえではお琴のそばに行き、黙って手伝いをした。

かける言葉を見つけられぬままでいると、雨戸を戸袋に収めたお琴が振り向き、優しく微笑む。

「ありがとう」

「いえ」

戸惑うかえでに、お琴は言う。

「もう大丈夫だから、かえでさんはほんとうの自分の仕事に戻ってください。左近様のために、お働きになって」

かえではお咲を気にして台所を見た。

お咲は、皆に朝餉を作ると言って、すでに働いていたのだ。

怪しいお咲さえいなければ、お琴が悲しい別れをせずにすんだかもしれない。

そう思うと、明るく接するお咲が腹立たしかった。

「お琴様、お咲を店から追い出すことはできませんか」

「またそのことですか。あの子は真面目でいい子ですし、かえでさんが気にするような人ではないですよ。左近様が来られても、何もなかったのだから。それにもう、左近様とわたしは終わったのだから、かえでさんに守っていただく身ではないでしょう」

かえでは、お琴に険しい顔を向けた。

「ではせめて、岩城様が安心して道場へ戻られるまで、ここにいさせてください」

「義兄上《あにうえ》は、今日は帰りますよ」

「しばらく泊まるぞ」

泰徳がそう言って、起き上がった。頭を手で押さえ、痛そうな顔をして立ち上がり、廊下に出てきた。

「今日もいい天気だな」

「義兄上、わたしならもう大丈夫ですから、お帰りください」

「まあそう言うな。たまには稽古《けいこ》を休んで、うるさい女房殿と離れてもよかろう。それに、そのように腫《は》れた目で大丈夫だと言われてもな」

お琴は両手で瞼を触り、部屋に戻って鏡をのぞき込んだ。

「あぁ」

と、落胆の声を漏らし、座り込むお琴に、泰徳が言う。

「泣きたいだけ泣け。それが、一番の薬だ。そういえば、昨夜およねさんから聞いたのだが、京に誘われているのだそうだな。いい話ではないか。店を休んで、前向きに考えたらどうだ」

「そうね」

お琴は微笑んだ。

あのう……と、お咲が申しわけなさそうに声をかけてきた。

かえでが振り向くと、お咲がぺこりと頭を下げ、お琴に言う。

「おかみさん、朝餉の支度ができましたので、これから出かけてもよろしいでしょうか」

「いいけど、朝早くからどこに行くの？」

「家を探しに」

かえでが口を挟む。

「あら、およねさんと一緒に行くんじゃないの？」

「なんだか付き合ってもらうのは申しわけないので、来られる前に行こうかと。実はもう、目星をつけていたんです」

かえでが驚いた。内心は怪しんでいる。

「いつの間に？」

「先日、浅草田原町《あさくさたわらまち》の紺屋《こうや》のおかみさんがいらっしゃった時に、裏店《うらだな》が一軒空いているので貸してくださると言ってくださったんです」

お琴が立ち上がった。

「そう、紺屋のおかみさんが」

かえでが探る目を向けながら訊く。

「どうして黙ってたの」

「よくしていただいていたので、なんとなく、言い出せなくて。そこから通わせていただいてもよろしいでしょうか」

お琴は、いいわようなずいて快諾《かいだく》した。

笑顔のお咲は、そこを借りることをおよねに伝えてくださいと言い置いて、出かけていった。

かえでが台所に行くと、泰徳があとを追ってきた。

「あの娘、なかなかいい子ではないか」

「はい」

「しかしまあ、頼まれたようにしなくてはなるまい」

かえでは驚いた。

泰徳はお琴が部屋にいるのを見て、ふっと肩の力を抜く。

「左近に、お琴のことを頼まれたのだ。今から言うとおりにしてくれ」

泰徳は声を潜め、細々《こまごま》としたことを告げた。

かえでは厳しい眼差しとなり、顎を引く。

そして、お琴のために朝餉を調えにかかったのだが、鍋《なべ》の中で湯気を上げる味《み》噌《そ》汁《しる》に目を向け、思い立って毒見をした。

「おぬし、いつもそうやって毒見をしていたのか」

泰徳に言われて、かえでは首を横に振る。

「つい、いやな予感がしたものですから」

「どうやら、毒は入っておらぬようだな」

「今支度を整えますので、お待ちくださ い」

かえでは背を向けると、支度にかかった。

五

田原町の紺屋に向かっていたお咲は、左に曲がる道の先にある竹町《たけちょう》の渡しの船着場を横目に通り過ぎた。

船着場を見るふりをして、背後につく人の気配を探ったのだ。

田原町に続く辻を右に曲がったところで歩を速めたお咲は、路地に入り、壁に背中をつけた。

柱からそっと顔を出してみる。あとを追って曲がる者は、一人もいない。

「気のせいか」

この時の声音《こわね》は、三島屋にいた時とは別人のように低く、性根が入っている。

その場から路地に二、三歩後ずさりしてきびすを返したお咲は、町中を走り、東本願寺《ひがしほんがんじ》のそばを通って浅草から去った。

それから一刻（約二時間）後、お咲の姿は、林の中の屋敷の前にある。

藁葺《わらぶ》き屋根の門の潜《くぐ》り戸《ど》を開け、中に入った。

苔《こけ》むした庭を見つつ、玉砂利《たまじゃり》を踏んで表に回り、鯉《こい》が泳ぐ蓮池《はすいけ》に架けられた石橋を渡っていくと、雨戸が開けられている濡《ぬ》れ縁《えん》の下で片膝をついて、首《こうべ》を垂れた。

「おきぬか」

部屋の奥から、低く響く男の声がした。

「はい」

「上がって顔を見せよ」

応じて立ち上がり、座敷に上がると、片腕の男、奏山が奥の襖を開けて出てきた。

薄い笑みで、おきぬを見ながらすれ違い、廊下を去っていく。

外障子を閉めたおきぬは、帯を解き、着物を脱いで若い裸体《らたい》をさらして、奥の部屋に入って襖を閉めた。

窓がない部屋は、薄暗い。香が焚《た》かれ、こころ落ち着く香りが漂っている。

黙って差し出された衣装盆から桜色の肌着を取り、袖を通した。上座に着いている男に歩み寄ると、背後に回って座り、そっと背中に身を寄せた。

「右京様、お会いしとうございました」

お咲と名を偽《いつわ》っていたおきぬは、肌着の前を開いて肌を密着させ、澤山右京の首に手を回した。だが、右京は身じろぎもしない。

「抱いてください」

「その前に、言うことがあろう」

おきぬは右京の背中に頬を寄せ、妖艶《ようえん》な眼差しで告げる。

「三島屋のお琴は、もう使えませぬ。綱豊は、西ノ丸に商家の女はいらぬと、別れを告げに来ましたので」

「綱豊が来たことは知っておる。何ゆえ逃したのだ」

「それは……」

返答に窮《きゆう》したおきぬは、右京から離れようとして腕をつかまれ、強い力でねじ伏せられた。

仰向《あおむ》けにされ、片手で首を絞《し》められる。

苦しいはずなのに喜びの声をあげて腰をくねらせる女に、右京は力を強めた。

命の危機を悟ったおきぬが、悶《もだ》え苦しむ。

意識がなくなる寸前に手を離されると、這って離れ、うずくまった。

「お許しください」

「申せ、何ゆえ綱豊の命を取るのをためらった」

「お琴の兄が邪魔で、手を出すことができなかったのでございます」

「怖気《おじけ》づいたか、未熟者め。お前はしくじると身体でごまかそうとするが、こたびは騙《だま》されぬ」

「右京様、お許しください」

「頭を上げよ」

言われるままに身体を起こした刹那、殺気が走り、おきぬの首に当たる紙一重《かみひとえ》で、太刀《たち》の刃《やいば》が止められた。

いつの間に抜刀したのか、おきぬにはわからなかった。白い肌を粟立《あわだ》て、怯えた顔をしている。

右京が気配に気づき、刀を引いて廊下に顔を向ける。

障子に人影が差し、廊下に座った。

「お頭」

「うむ」

「おきぬをつけていた者を捕らえました」

誰もいないはずだと思っていたおきぬは、愕然とした。

「そんなはず――」

言いわけをする前に、頬を平手で打たれた。

「着物を着ろ、たわけ者め」

おきぬはうずくまり、命乞《いのちご》いをした。

右京は無視をして配下に訊く。

「つけていたのは、一人か」

「はい」

まだうずくまっているおきぬに、右京が鋭い眼差しを向ける。

「裏庭に来い」

右京が刀を鞘《さや》に納《おさ》めて外に出たので、おきぬは急いで着物をまとい、廊下へ出た。

裏に回っていくと、庭に見知らぬ男が正座させられていた。縄で自由を奪われ、顔には青あざが浮いている。

一見すると、どこにでもいそうな町人の身なりをした男は、臆《おく》することなく廊下にいる右京に鋭い目を向けている。

奏山が曲者に訊く。

「貴様、綱豊の手の者か」

男は奏山を無視し、右京を睨《にら》み続けている。

右京がおきぬに訊く。

「この者に見覚えはあるか」

「いえ」

捕らえられていたのは小五郎の配下で、身なりは羽織と股引姿《ももひきすがた》の職人風だが、追跡に長《た》けた甲州忍者の一人だ。

その者が不覚を取ったのは、三島屋を見張っていた右京の配下に見つかっていたからだ。

おきぬがこの屋敷の中に入ったのを確かめて戻ろうとした時、右京の配下に取り囲まれ、捕らえられた。

鋭い眼差しを向け続ける甲州忍者を見据えた右京が、配下の男たちに告げる。

「何か使い道があろう。蔵へ閉じ込めておけ」

応じた配下の男たちが、立てと言って腕をつかんだ時、小五郎の配下は舌を嚙《か》んだ。

口から血を流して倒れるのを無表情のまま見下ろした右京が、おきぬに顔を向けた。

「綱豊を守るために、自ら命を絶ちおった。これぞ、まことの忠義者よ」

肩に手を置かれ、おきぬはびくりとした。

部屋に戻ろうとした右京の前に、配下が来た。

「お頭、例のお方の使者がまいられましたので、客間にお通ししております」

「うむ。奏山、ついてまいれ」

「はは」

「おきぬ、お前も来い」

右京にそう言われ、許してもらえたと思ったおきぬは安堵《あんど》の息を吐き、奏山に続いて客間に行った。

そこに待っていたのは、狡猾《こうかつ》そうな面構《つらがま》えをした三十代の侍だ。

「木島《きじま》様、お待たせしました」

右京は親しげに会釈《えしゃく》をして、木島の前に正座した。

おきぬは奏山と並び、下座に控えた。

木島はあいさつもなく、右京に告げる。

「尾張藩に向けられていた疑いが、立ち消えた」

右京が険しい顔をする。

「何ゆえにござる」

「綱豊だ。西ノ丸に入ることを承諾するのと引き換えに、尾張藩へ向けた謀反の疑いを解くよう、上様を説得したらしい」

右京の顔に怒気が浮かんだ。

「おのれ、綱豊め」

「不忍池のほとりで襲った時にきっちり始末しておけば、このようなことにはならなかったのだ。毒矢が当たったゆえ、生きてはおれぬと申したではないか。綱豊に西ノ丸へ入られては、我らの思惑はしまいだ」

「そもそも上様は、何ゆえ綱豊を西ノ丸に入れるなどとおっしゃったのでございますか。素直に世に知らしめておけばよろしいものを」

木島が苛立った表情で答える。

「決まったことを言うたところで、何も変わらぬ。今は、我らの思惑どおりにことを運ぶようよく考えよ」

「はは」

木島は、頭を下げる右京を見くだしながら続ける。

「御前からのお下知《げち》だ。綱豊は、年明けの鏡開きの翌日に入城が決まった。それまでに、必ず命を奪えとの仰《おお》せだ。綱豊さえ始末すれば、綱誠と鶴姫を消すのは造作《ぞうさ》もないことじゃ。その先は、言わずともよかろう」

「万事、我らにおまかせくだされ。そのかわり……」

「わかっておる。幕臣に加えることは、御前もご承知ずみだ」

木島は立ち上がり、早々に頼むと言い、帰っていった。

廊下まで見送った右京が、顔を部屋に向ける。

「おきぬ」

「はい」

「聞いてのとおり時がない。綱豊を始末するには、三島屋のお琴を使い、おびき寄せるのがよかろう」

奏山が口を挟んだ。

「しかし、すでに両名は別れております。綱豊が食いついてきましょうか」

「わからぬか。命を狙われていると気づいた綱豊は、我らに女を利用されぬために、別れを告げたのだ。おそらく、本心ではあるまい」

「そうでしょうか。鶴姫を守り、尾張を潰させぬために城へ入る決意をした者が、商家の女を助けに来ましょうか」

「来なければ、女の耳を削《そ》ぎ落として送りつけてやる。おきぬ」

「はい」

「配下を十人預ける。女を外に呼び出すことくらいはできよう」

「おまかせください」

「次のしくじりは許さぬゆえ、こころして行け」

「はは」

おきぬは頭を下げ、部屋から出ていった。

目で追った奏山が、右京に言う。

「お頭は、おきぬに甘すぎますぞ。他の者に示しがつきませぬ」

右京がじろりと睨んだ。

「口を動かす暇《ひま》があったら、刀を磨いておけ。お前も、しくじりは許さぬ」

奏山は息を呑み、目をそらした。

綱豊を迎え撃つ支度を命じた右京が部屋をあとにすると、奏山は不服げな顔をして自分の部屋に戻った。

十人の男と共に花川戸町へ戻ったおきぬは、人が少ない大川の土手で待たせ、一人で三島屋に向かった。

六

三島屋の前まで戻ったおきぬは、困惑した。

まだ日があるというのに、表の戸が閉められていたからだ。あたりを見回しても、三島屋を見張っていたはずの者たちの姿がどこにもない。

裏に回って木戸を開けて入ると、雨戸も閉められている。

おきぬは焦りの色を浮かべて、勝手口の戸を引き開けて中に入った。

「ただいま戻りました」

声音を上げて言ってみても、返事はなく、人の気配がない。

――まさか、気づかれたのか。

おきぬは座敷に上がり、両手で襖を開け放ちながら奥の部屋へと進むと、お琴を捜した。

「おかみさん？」

声は穏やかだが、表情は鋭く、殺気に満ちている。

「おのれ、どこへ行った」

家中を捜したが、お琴の姿はない。

店に戻って苛立ちの声をあげたおきぬは、帳場に行き、銭の引き出しを開けた。中は一文すら残っていない。

およねの顔が頭に浮かび、長屋に走った。

「およねさん、入りますよ」

腰高障子《こしだかしょうじ》を開けて土間に入ったが、ここにも誰もいない。

長屋の女が通りかかったので呼び止め、およねの居場所を尋ねたが、夫婦とも今朝仕事に出たきりだと言う。

――逃げたに違いない。

歯を食いしばったおきぬは、路地を走り、三島屋に戻ろうとしたのだが、木戸門の前を横切るかえでを見つけ、あとを追って出た。

三島屋とは反対の方角へ急いでいる。

——罠か。

疑ったのは一瞬で、お琴のところへ行くに違いないと思い、跡をつけた。

「どうした」

声をかけられて振り向くと、連れてきていた十人のうちの一人だった。遅いので様子を見にきたと言う。

おきぬが歩きながら小声で告げる。

「逃げられたかもしれない」

「何！　お前、気づかれていたのか」

「わからない。店を見張っていた者もいない」

「それなら、お前の跡をつけた者を追って、離れたきりだ」

おきぬは舌打ちをした。

配下の者が続ける。

「逃げられたとなると、まずいぞ」

「大丈夫。煮売り屋の女が前を歩いている。おそらく、お琴のところに行くはずだ」

かえでは団子屋に立ち寄り、持ち帰りを頼んだ。その横顔を見た配下の者が、どこかで見たようなとつぶやき、いぶかしげな顔をする。

十本という声を聞いたおきぬは、お琴のところに行くと確信し、ほくそ笑む。

「どこにでもいそうな顔だ。女郎屋《じょろうや》の女にでも似ているんじゃないのかい」

「いや……」

「しっ」

おきぬは身を隠した。

かえでは何も知らぬ様子で団子を受け取ると、あたりを警戒した。

身を隠していたおきぬは、北へ歩きはじめたかえでから目を離すことなく、跡をつける。

かえでは歩を速め、大通りから左に曲がると、四辻《よつじ》を二つ越えた先にある寺の山門《さんもん》を潜った。

おきぬも山門を潜り、かえでが本堂の裏に回ったのを見届けた。

「どうやら寺に隠れているようだよ」

配下の男は参道を見回した。

寺の参道は木々の枝が垂れ下がり、本堂も荒れている。

「ずいぶん寂しい寺だな。人目がないところへ隠れたつもりだろうが、こっちのほうが都合がいい」

おきぬがふたたびほくそ笑む。

「あたしを怪しんだとすれば、昨日から泊まっている兄の浅知恵だろうが、逃がしはしないよ。みんなを呼んで」

応じた配下が走り去った。

おきぬはかえでに見つからぬよう、本堂の裏から外へ出られる道がないか探りを入れた。

本堂の裏手は鬱蒼《うっそう》とした森が広がっていて、抜け道はなさそうだ。

その森の中に、寺の宿坊《しゅくぼう》と思《おぼ》しき建物があるのを見つけて、そこに潜んでいると目星をつけたおきぬは、参道に戻った。

配下の者は、おきぬをさほど待たすことなく仲間を連れて戻った。

「裏に建物がある。抜かりなくいくよ」

配下の男たちが無言で応じる。

おきぬは皆を率《ひき》いて走り、本堂の裏へ回った。

本堂の角の柱に身を隠して、配下に宿坊を見せた。

「あそこだ。一気に襲って、お琴を攫っていくよ」

応じた配下たちが庭に走り出た時、本堂の濡れ縁から黒装束《くろしょうぞく》の忍びたちが跳び下り、行く手に立ちはだかった。

澤山右京の配下たちは迷わず抜刀し、忍びに斬りかかった。

四人の忍びは、小五郎と配下たちだ。

新陰流を遣う右京の配下たちの一刀を、後ろに回転してかわし、追う敵めがけて、粉袋を投げた。

斬り飛ばした右京の配下の周囲に、粉が舞う。

「うおっ」

「痛い」

目つぶしの粉にやられた右京の配下たちが、左手で目を押さえつつ、右手で刀を振り回した。

そこを小五郎の手裏剣が襲い、足や腕、肩に突き刺さった右京の配下たちが呻き声をあげて倒れた。

した。

「おのれ」

おきぬは腰に手を回して帯から吹き矢を抜き、忍びに狙いを定める。

吹こうとした刹那、横からの気迫に気づいて跳びすさり、振るわれた刃をかわした。

おきぬが目を見張る。

「お前は、煮売り屋の……」

言ってすぐに気づき、鋭い眼差しを向ける。

「綱豊の忍びだったのか」

かえでは小太刀《こだち》を逆手に持ち、低く構えながら言う。

「綱豊様を毒矢で狙ったのは、お前だな」

「そうさ。あたしの毒矢にやられて生きているとは、よほど運がいい男だね。そんなことより、お琴をどこに隠した」

「ふん、教えるものか」

小五郎の攻撃から逃れてきた男が、かえでを見てあっと声をあげる。

「思い出した。お前、奏山様に捕らえられた女だな」

おきぬが男をじろりと睨む。

「気づくのが遅いんだよ、この間抜け」

男が告げる。

「ここはまずい。逃げるぞ」

小五郎たちと対峙《たいじ》している配下たちも、徐々に下がりはじめた。

「下がるんじゃない。しくじれば命はないよ」

おきぬは止めようとしたが、男どもはおきぬを見捨てて走り去った。

「逃がすな」

配下の一人に命じた小五郎の隙《すき》を見て、おきぬが吹き矢を放つ。

小五郎が矢を斬り飛ばしたので、おきぬは舌打ちをして、すぐにほくそ笑む。

「行けば殺されるだけだ。今日も一人殺されたのを知らないのか」

小五郎が無表情で応《こた》える。

「やはりそうであったか」

「ふん、また一人殺されるね。馬鹿な頭に使われる者は、哀《あわ》れだよ」

おきぬが愉快そうに笑い、下を向いた。顔を上げるなり、かえでに向けて口に含んだ毒針を吹いたが、かえでは身を横に転じてかわした。

おきぬはその隙に走り、倒れていた右京の配下たちのところに行くと、小五郎たちが止める間もなく、大刀を拾って喉《のど》を刺した。

配下たちの口を封じたおきぬが立ち上がり、かえでと小五郎を睨む。

「死ね！」

吹き矢を口に当てたおきぬが、かえでに向けて吹いた。

小太刀で矢を斬り飛ばしたかえでが走る。

おきぬも走り、大刀で斬りかかった。

かえでは刀を受け流し、おきぬの腹を峰《みね》打《う》ちにした。

「うっ」

苦痛の顔で両膝をついたおきぬは、うずくまった。

小五郎が告げる。

「澤山右京の居場所を言えば、命は取らぬ」

顔を上げたおきぬは、口から血を流した。

かえでがはっとして、毒を吐かせようとしたが、おきぬは力なく倒れた。

小五郎がおきぬの首に手を当てて、かえでに言う。

「この猛毒が、殿とお琴様に使われなくてよかった。お前のおかげだ」

「いえ」

謙遜《けんそん》するかえでは、暗い顔をした。

「追った仲間が心配です。お咲の跡をつけた仲間を殺したのは、片腕の男に決まっています」

「目印を残しているので、これから追う。お前は引き続き、お琴様を守れ」

「かしこまりました」

かえでは小五郎と別れ、お琴がいるところへ向かった。

参道を走るかえでの背後に、先ほど逃げたはずの右京の配下が現れ、あとを追っていく。

気づかぬかえでは山門を出て、町中の通りを急いだ。

右京の配下が追って山門を出ようとした時、目の前に編笠を着けた侍が現れ、行く手を塞《ふさ》ぐ。

右京の配下が立ち止まり、険しい顔で問う。

「貴様、何者だ」

「忘れたか」

侍が編笠をはずして地に落とすと、右京の配下は目を見張った。

「貴様、岩倉《いわくら》……」

「おれは待つのが嫌いでな。来てやったぞ」

右京の配下は下がりながら抜刀し、斬り合いができる広い場所を求めて参道へ戻った。

岩倉が誘いに応じて中に入るや、門扉《もんぴ》の横に隠れていた別の配下が斬りかかる。

「むんっ！」

気合と共に斬り下ろす配下であったが、岩倉は抜刀しざまに一閃《いっせん》した。

岩倉の剣が勝《まさ》り、腹を斬られた配下は呻き声をあげて倒れた。

隙を突こうとした右京の配下が、岩倉の横手から猛然と斬りかかった。

肩を狙って振り下ろす敵の刀を弾《はじ》き上げた岩倉は、鋭く切っ先を転じて横に一閃し、相手の喉を斬った。

血が流れる喉を押さえて倒れた男を、岩倉は見下ろす。

気配を察して顔を上げると、小五郎が来ていた。

血振《ちぶ》りした刀を鞘に納める岩倉に、小五郎が駆け寄る。

「岩倉様、どうしてここに」

「先日、この者たちに命を狙われたのだが、先ほど町中で見かけたので、今日はこちらから仕掛けてやろうと追ってきていたのだ」

小五郎は驚いた。

「岩倉様も、お命を狙われたのですか」

岩倉がいぶかしげな顔をした。

「まさか綱豊殿も、襲われたのか」

「はい」

「無事なのであろうな」

「ええ、ご無事です」

「どこに行けば会える」

「根津の藩邸におられます」

「そうか。では、近いうちに会いに行くと伝えてくれ」

「承知しました」

「この者の仲間を追っていったのは、おぬしの手の者か」

「はい」

「足を止めてすまぬ。向こうには厄介な遣い手がいる。早く行ってやったほうがよいぞ」

「では」

小五郎は頭を下げ、道に点々としている目印を追っていく。

「久々に、顔を拝《おが》むか」

岩倉はそう言うと編笠を拾いに行き、寺の門前から去った。

目印を追っていた小五郎は、駒込まで来たところで、林の中に倒れている配下を見つけた。

共に来ていた配下たちが周囲を警戒する中、小五郎は歩み寄り、腕に抱いた。

胸を斬られ、一撃で倒されている。

「許せ」

そうつぶやくと瞼《まぶた》を閉じてやり、立ち上がった。

「お前たちは亡骸《なきがら》を連れて帰れ」

「お頭はいかがなされます」

「おれはこのあたりを探る。敵はどこかに潜んでいるはずだ」

「では我らも」

「ならぬ。三日が過ぎても戻らぬ時は、久蔵《きゅうぞう》、お前が仲間を束《たば》ねて、殿をお守りしろ」

「お頭……」

小五郎が頼るのは、技と人格を備えた若者だ。

「よいな、久蔵」

「はい」

体格がいい久蔵は、仲間の骸《むくろ》を担ぎ上げ、皆を率いて走り去った。

残った小五郎は、目を閉じてあたりの気配を探り、森の中に続く道へ鋭い眼差しを向けた。

薄暗い道は、獲物を待つ魔物が口を開けているように見える。

小五郎は刀の鞘をにぎり、親指で鍔《つば》を押さえると、薄暗い道へ向かって走った。

第三話　魔剣

一

夕暮れ時の空を、お琴はただただ、茫然《ぼうぜん》と眺《なが》めていた。

気配に顔を向けると、岩城泰徳の妻のお滝が歩み寄り、湯呑《ゆの》みを載せた折敷《おしき》を置いてくれた。

「ありがとう」

お滝はらしくない笑みで応じて、立ち去った。その優しい笑顔を見て、気を使わせていると思ったお琴は、気分が沈んだ。

二つある湯呑みのひとつを取り、隣で居眠りをしているおよねを揺すり起こした。

縁側の柱にもたれかかっていたおよねが目をさまして、お琴に寝ぼけ眼《まなこ》を向ける。

「いけない、つい眠ってしまいました」

「風邪《かぜ》ひくといけないから、冷めないうちに飲んで温まって」

受け取ったおよねが、香りを嗅《か》いだ。

「生姜湯《しょうがゆ》ですか」

「今、義姉上《あねうえ》が持ってきてくださったのよ」

「そうでしたか。では遠慮なく」

一口飲んだおよねが、おいしいと言って笑みを浮かべ、庭に顔を向けた。

「岩城様が言われるままに道場へ来てしまったけれど、帰してもらえないのは、どうしてですかね。お咲ちゃん、途方に暮れていやしないかしら」

「ごめんなさい。黙っていたけど、わたしのせいなの」

およねが顔を向けた。

「おかみさんのせいって、どういうことです？」

「義兄上《あにうえ》が、お咲ちゃんのことを疑っているのよ」

「お咲ちゃんの、何を疑っているんです？」

およねが、はっとした。

「……まさか、盗《ぬす》っ人《と》の一味ですか」

「そうじゃないの……」

お琴が話そうとした時、廊下の先から権八の声がした。

「かえでさんよう、いい加減話してくれよ。どうして、かかあがここにいるんだい？」

言いながら、かえでに続いて廊下の角を曲がってきた権八が、

「お前さん」

と、およねに声をかけられて顔を向けた。

「あれ、お琴ちゃんも来てたのかい」

権八は歩み寄り、およねに言う。

「仕事を終えて帰っていたらよ、かえでさんに呼び止められて、おめぇは岩城道場にいるからと言って連れてこられたんだが、いったいどういうことだ」

およねはお琴をちらと見て、権八に言う。

「あたしも今、おかみさんと話していたところなんだよう。どうやら、お咲ちゃんに関わりがあるんだってさ」

「お咲ちゃん？」

頓狂《とんきょう》な顔をする権八にうなずいたおよねが、お琴に訊《き》く。

「おかみさん、話してくださいな。お咲ちゃんと何があったんです?」

「おれが話そう」

皆が声がしたほうに顔を向けると、泰徳が表側の部屋から入ってきていた。

かえでが、間違いなかった、という顔で顎《あご》を引くのを見た泰徳が、お琴たちの前に正座した。

「ここへ来てもらったのは、新見左近の命をつけ狙う者が、お琴の店に入り込んでいたからだ」

「なんですって!」

およねが仰天《ぎょうてん》した。

権八は目が飛び出そうなほど大きく見開き、口を尖《とが》らせて言う。

「それじゃ、なんですかい、先生は、お咲ちゃんがそうだとおっしゃるので」

「うむ」

「あんなにいい子が人殺しなわけねぇですよ。何かの間違いだ。そうだろ、お琴ちゃん」

お琴も信じられないと首を横に振り、かえでに顔を向けた。

かえでは、神妙な顔で口を開いた。

「お琴様とおよねさんが三島屋を出られてしばらくしたあと、わたしは離れたところから店を見張っていたのですが、お咲は、十人の侍を率《ひき》いて来ました。お琴様が逃げたと知るや、およねさんと権八さんの長屋に行き、行方を捜していたのです」

権八とおよねは息を呑《の》み、顔を見合わせた。

権八が身を乗り出して訊く。

「かえでさん、あんた、どうしてそんなことを」

かえでが返答に困っていると、泰徳が答える。

「そうさせたのは、左近だ」

およねが驚いて言う。

「いくら顔見知りだからって、どうしてかえでさんにそんな危ない真似《まね》をさせるんですよ」

「他に頼める者がおらぬからだ。お咲は忍びだ。そうだろう、かえでさん」

「はい」

権八が、かえでに振り向いた。

「ほんとかい」

「ええ」

「それで、お咲ちゃんと侍どもは、今もお琴ちゃんを捜しているのかい」

「いえ、お咲は正体がばれて、自ら命を絶《た》ちました。でも、お咲は命じられて動いていただけですから、油断は禁物です」

権八が青い顔をした。

「かえでさん……あんた、いったい何者なんだい」

目を伏せるかえでを助けて、泰徳が割って入った。

「ともかく、そういうことだから、三人はしばらくここで暮らしてくれ。わたしと門弟が守る」

およねが言う。

「いったい左近の旦那は、どんな相手に命を狙われているんですか。あんなに可愛いお咲ちゃんが忍びだったなんて、怖くて震えが止まりませんよ」

権八が手を打ち鳴らした。

「そういうことか。左近の旦那は命を狙われていることを知って、お琴ちゃんに悪党の手が及ぶことを恐れた。それで、別れを言いなすったんですね」

するとおよねも、希望を持てたのだろう、目を輝かせながら権八に応じる。

「そうだよ、お前さん、いいことに気づいたね」

「お琴のため？　それは違う」

泰徳の強い言葉に、権八とおよねは不服そうな顔をした。

およねが言う。

「そんなの、わからないじゃないですか」

権八が、おうよ、とうなずいて続く。

「何が起きているのかさっぱりわからねえが、左近の旦那のことだ、いつものようにすっぱりと一件落着して、あの涼しい顔でお琴ちゃんに会いに来るに決まってらぁな」

「そうそう。だからおかみさん、ここで待っていましょうね」

お琴は、薄い笑みを浮かべた。

「励《はげ》ましてくれてありがとう。でも、もういいの。わたしは、京へ行こうと思っているのよ」

およねが心配する。

「この前は、左近様と一緒になるって言ったじゃないですか。待ってあげましょうよ」

お琴は辛《つら》そうな顔で、首を横に振った。

「お命を狙われている左近様の、足手まといにだけはなりたくないの」

「ですから、相手をやっつけたらその心配はないでしょ」

「京へ行くことは、わたしも賛成だ」

泰徳が口を挟む。

「左近は旅に出るのだ。お前を迎えに来ることは、おそらくあるまい」

お琴が、何か知っているのかと訊く顔を向けた。

泰徳は続ける。

「可愛い妹が辛い目に遭《あ》うのは見たくない。明日にでも、京へ誘っている者と話をしたほうがいいと思うのだが」

お琴は、小さく息を吐いた。

「そうですね。そうします」

かえでが、百合に来てもらうと告げて立ち上がったので、およねが慌《あわ》てた。

「おかみさん、ほんとうにいいんですか」

お琴は穏やかな眼差しを向けた。

「どうするか迷っていたから、決心がついてよかったわ。これでいいのよ」

「おかみさん……」

ほろりと涙をこぼすおよねに、お琴は膝《ひざ》を進めた。

「泣かないで。わたしはもう大丈夫だから」

なぐさめるお琴に、権八が感心する。

「強いなぁ、女ってのは」

お琴を見ていた泰徳が、かえでに眼差しを向ける。

応じたかえでが、百合に伝えに走った。

百合が道場を訪れたのは、翌日の朝だ。

泰徳とお琴、かえでの四人で話し、左近の身に起きていることを知った百合は、黙り込んでしまった。

目を畳に向けて何かを考える様子の百合に、泰徳が痺《しび》れを切らせて訊く。

「百合殿、妹を連れて、京へ行ってくださらぬか」

百合は厳しい眼差しを、泰徳に向けた。

「元々お誘いしていたので、わたしにとっては願ってもないことですけど……」

「何かご不満がおありか」

「ええ、不満だらけですよ。特に甲州様」

泰徳がかえでをちらと見て、身を乗り出す。

「何がご不満か」

「お琴ちゃんのところに刺客の忍びが入っていたなんて、とんでもないことだわ。甲府二十五万石の殿様ともあろうお方が、女一人を幸せにできないなんて」

「だから、それは先ほども申したように、妹が油断したのだ」

「お琴ちゃんは人助けのために、そのお咲という女の面倒を見たのですから、悪くないですよ」

百合は、かえでにも厳しい目を向けた。

「どうして、はっきり忍びだと言わなかったのです」

「それは……」

お琴が口を挟んだ。

「何度も忠告してくださったのに、わたしが聞かなかったのです。かえでさんのおかげで、誰も傷つかずにすんでいますから、責めないでください」

百合はため息をつくと、真剣な目をしながらお琴に訊く。

「甲州様に別れを告げられて、今はどう思っているの」

「どうって……」

「こころの底から、わたしと京へ行きたいと思っているのかしら」

お琴は、百合の目をまっすぐに見て答える。

「思っています」

「それは誰のため？　お琴ちゃん自身のため？　それとも、甲州様の足手まといになりたくないから？」

「両方です」

お琴の目を見つめ返していた百合が、ふっと笑った。眼差しは先ほどとは打って変わり、哀《あわ》れみと優しさの両方を含んでいる。

「京での商売に身が入らないのは困るから、後悔のないようにしてちょうだい。いつ頃江戸を発《た》てる？」

お琴は畳に両手をついた。

「三島屋をおよねさんに引き継ぐまで、お待ちください」

泰徳が険しい顔をした。

「お琴、何を言っている。三島屋に帰ることはできぬぞ」

「およねさんもだめなの？」

「当たり前だ。昨日、かえでさんの話を聞いていなかったのか。お咲は、およねさんの長屋にも行ったのだ。敵は左近の命を奪うためには手段を選ばぬ。身近な者を人質にする気だ」

百合が心配そうな顔をした。

「それをおっしゃるなら、ここも一緒じゃございませんか」

「ここは大丈夫だ。門弟たちも大勢いるので、来れば捕らえて、左近に引き渡す」

「ずいぶんと自信がおありのようですけど、甲州様さえ手を焼いておられる相手に、勝てるのですか」

臆面《おくめん》もなく言う百合に、泰徳が不機嫌な顔をした。

「甲斐無限流を愚弄《ぐろう》されては困る」

百合は涼しい顔で言う。

「馬鹿になどしていませんよ。でも、用心するに越したことはないでしょう。他の場所に移る気がおありなら、案内しますよ」

泰徳は、かえでを見た。

かえでが百合に訊く。

「そこは、守りやすい家屋敷ですか」

百合が微笑《ほほえ》む。

「何せ別宅ですから、こちらのお屋敷ほど立派ではないですけど、敵に知られていないことが、一番の守りになりませんかね」

かえでは、納得した顔で泰徳に眼差しを向けた。

泰徳が言う。

「ここが敵に知られているかどうかはわからぬが、念には念を入れよう。百合殿、案内を頼みます」

「はい」

そこへ、門弟が来客を告げに来た。

「甲府藩の間部様と名乗るお方が来られました」

左近の側近が来たことで、泰徳はかえでにいぶかしげな顔を向けた。

「何用だろうな」

「権八さんとおよねさんをお迎えに来られたのです。昨日、百合さんにお会いしたあと、お琴様のご決心を殿にお伝えしましたので」

「何ゆえ権八殿とおよねさんなのだ。あの二人を呼んで、どうする気だ」

「わかりません」

泰徳は百合を待たせて、玄関に急いだ。

間部は、玄関に背を向けて立っていた。

「お待たせいたした」

泰徳が声をかけると間部は振り向き、真顔で頭を下げる。

忍んで来たらしく、無紋《むもん》の羽織《はおり》を着けて古い編笠《あみがさ》を持ち、袴《はかま》も生地《きじ》がくたびれている。どこからどう見てもただの浪人者だ。

泰徳が頭からつま先まで目を走らせて、

「ご苦労なことだ」

とため息まじりに言うと、間部が照れ笑いを浮かべた。

「左近は、権八殿とおよねさんになんの用があるのだ」

「直《じか》にお会いして、頼みたいことがあるとおっしゃいますので、お迎えに上がりました」

「三島屋のことなら、お琴には話して聞かせ、閉める方向で進んでいるがな」

「殿が何をお考えなのか、わたしは聞いておりませぬが、はっきりしているのは、ご夫婦の身を案じてのことにございます」

「なるほど、かえでさんから、忍びが長屋に行ったと聞いてのことか」

「はい」

「わかった」

泰徳は弟子に命じて、権八夫婦を呼びに行かせた。

二人になると、間部が歩み寄り、声を潜《ひそ》める。

「殿が、このご恩は決して忘れぬと仰《おお》せです」

「妹を守るためだ。気遣《きづか》いは無用だと伝えてくれ」

「はは」

権八たちの足音に、間部は泰徳から離れ、戸口まで下がった。

弟子に連れられて、権八とおよねが出てきた。間部の顔を覚えていない二人は、泰徳に不安そうな顔を向ける。

「どちらさんです？」

訊くおよねに、左近の使いだと言うと、二人は目を丸くした。

権八が間部に言う。

「どう見たってただの浪人さんだが、左近の旦那のご家来で？」

「いかにも」

「旦那は、旅に出たんじゃないんですかい」

「その前に、お二人に話があるそうです。ついては、ご足労願いたい」

権八は、およねに顔を向けた。

「どうする？」

「行きますとも。文句のひとつやふたつ言わないと気がすまないと思っていたんで、ちょうどよかった」

「おう、そうこなくっちゃ」

乗り気になった権八が、間部に応じる。

「どこにだってついていきますぜ」

間部は無言で顎を引き、泰徳に目礼すると、きびすを返した。

勇《いさ》んで出かける夫婦を見送った泰徳は、部屋に戻り、待っていた百合に言った。

「権八殿とおよねさんはあとから連れていくので、場所を教えてくれぬか」

「わかりにくいので、お二人が戻るまでお待ちしましょう。お琴ちゃんはそのあいだに、荷物の整理をしてちょうだい」

「はい」

「できれば、着替えだけ持ってきてちょうだい」

「えっ」

「江戸に未練が残らないように、思い出が詰まった品物は捨てましょう。そのほうがすっきりするから」

お琴は百合の言葉に、黙ってうなずいた。

二

権八とおよねは、間部の案内で石原橋《いしわらばし》に行き、橋の下にある船着場から屋根船に乗った。

「巾の物は遠慮なくお食べください」

そう間部に促《うなが》され、二人は中に入った。

鯛《たい》の塩焼きや蓮根《れんこん》しんじょうといった料理の膳《ぜん》に、まんじゅうや羊羹《ようかん》など、権八とおよねの好物が並んでいる。

権八は喜んで膳の前に座り、さっそく銚子《ちょうし》に手を伸ばした。

「左近の旦那も、気が利くねぇ」

酒を飲もうとした権八の手を止めたおよねが、杯《さかずき》を奪って膳に置いた。

「何をしやがんでい」

「馬鹿だね、お前さん。手をつけたら、文句を言えなくなるじゃないのさ」

「それもそうか」

権八は銚子を戻したものの、物欲しげに料理を見ている。

中の様子を耳で聞いていた間部は、真顔を前方の川に向けた。

屋根船は大川に滑り出し、対岸には向かわず川下へ舳先《へさき》を転回した。

障子を開けて景色を見ていたおよねが、権八の袖《そで》を引く。

「お前さん、川をくだっているよ。どこに行くんだろうね」

「そんなものはおめぇ、行けばわかるさ。考えてみりゃあよ、おれたちゃ左近の旦那がどこで暮らしているのか、今まで知らなかったな」

「谷中のお屋敷じゃないのかい」

「あれは左近の旦那の屋敷だが、おそらくは別宅だろう。お旗本だか御家人だかもはっきり知らねぇんだぜ、おれたちは」

たいしたことないよう、と、およねが顔の前で手をひらひらとやる。

「命を狙われていると知った途端に、おかみさんを捨てて長旅に出るってお人だから、跡継ぎじゃなく、冷《ひ》や飯食《めしぐ》いの風来坊《ふうらいぼう》さ。こうなってみれば、おかみさんも悪い男に惚《ほ》れたもんさ」

「おい、聞こえるぜ」

「聞こえるように言ってるんだよ」

権八は、およねの口を押さえた。

「ご家来衆に文句言ったってしょうがねえだろ。左近の旦那に会うまで、その怒りは取っとけ」

外に座っている間部は、目を閉じて、口を真一文字に引き結んでいる。

船は静かに大川をくだり、やがて海に出ると、岸沿いを南に向かった。

外を見ていたおよねが、海に出たことに驚き、岸側の障子を開けて、見たことのない景色に不安そうな顔をしている。

「どのあたりなんだろうね」

「大川を出たってことは、この大きな堀川は八丁堀《はっちょうぼり》に続くんだろう。てことは、目の前に見える町は鉄砲洲《てっぽうず》ってところか。品川《しながわ》にでも行く気かね」

「ああ、そうだ。左近の旦那は旅に出る前に、品川の宿場にいるんだよ」

「もうお琴ちゃんに会いたくなって、帰るに帰れないから、おれたちに仲立ちを頼もうってんなら、おれは許すぜ」

「そうであってほしいもんだね」

「いけね、冷えてきた」

言うなり銚子を取った権八は、口に流し込んだ。

「ちょっと」

「いいじゃねぇか。どのみち、何か頼みごとがあってのお呼び出しだ。それによ、文句を言うにしても、素面《しらふ》より酒が入っていたほうが口が立つ」

煮物を食べて、旨《うま》いと目を見開く権八に呆《あき》れ顔のおよねは、まんじゅうを取り、渋い顔で口に運んだ。

やがて船は、大名屋敷の漆喰塀《しっくいべい》が続く岸辺を進み、築地川《つきじがわ》に入ったところで左手の船着場に滑り込んだ。

前方の障子が開けられ、着いたと言われたので、権八とおよねは外に出た。

石段の上に聳《そび》える立派な門に、権八とおよねは顔を見合わせた。

権八が間部に訊く。

「あのう、左近の旦那は、ここで世話になっておられるので？」

「案内いたす」

間部が先に立って行くので、権八とおよねは手を取り合い、岸に上がってついていく。

身なりで間部のことを浪人だとばかり思っていた夫婦の前で、門番が頭を下げた。

およねが権八の袖を引き、不安そうな声をあげた。

「あの人、左近様とはどのような関わりがあるんだろうね。船で出された料理も、そんじょそこらの物とはくらべ物にならないほど上等な物ばかりだったけど」

権八が立ち止まった。

「帰るか」

そう言ったが、振り向いた間部に、

「こちらへ」

と促され、背中を丸めて従った。

大名屋敷の中に入るのが初めての二人は、珍しさよりも恐ろしさのほうが勝《まさ》り、周囲をあまり見ぬようにしながら歩んだ。

門をいくつ潜《くぐ》ったかも覚えていない権八とおよねは、大きな建物の中に案内され、池が見渡せる廊下を歩み、広い部屋に連れていかれた。

「ここでお待ちを」

間部に言われ、かしこまって正座した権八とおよね。

庭にある大きな池では水鳥が泳ぎ、松林では鳥が鳴いている。

海風が冷たかった。

間部が去って程なく、紋付袴《もんつきはかま》を着けた若い侍が廊下に現れ、頭を下げて告げる。

「殿がお出ましになります」

「あの、左近の旦那は」

権八の問いに、侍は笑みを浮かべた。

そして、上段の間に向かって両手をついて頭を下げたので、権八とおよねは、それに倣《なら》って頭を下げた。

権八の頭の先に足音が近づき、すっと立ち止まった。

「権八、およね、よく来てくれた」

聞き慣れた声に安心した権八が、

「なんだ、左近の旦那かい」

と言って顔を上げた。

およねも顔を上げたのだが、ええっ、と声をあげて目を見開いた。

権八も目を丸くして、左近の着物を指差す。

「旦那、その身なりはどうしなすったんです。まるで殿様みてぇだ」

「うむ」

「お前さん、あれ」

　およねが指差したのは、黒い羽織に白糸で刺繡《ししゅう》された、葵《あおい》の御紋《ごもん》だ。

　顎を突き出すようにして見た権八が、あっと声をあげて、左近の顔に驚きの目を向ける。

「ま、まさか旦那……」

「これまで黙っていてすまぬ。おれのほんとうの名は、徳川綱豊。甲府藩の藩主だ」

「甲州様ですって！」

　声をあげたおよねが、口を両手で塞《ふさ》いだ。

　立ち上がった権八の顔に、怒気《どき》が浮かんだ。

「左近の旦那、おれたちを、騙《だま》していたんですかい」

　左近が権八とおよねに両手をついたので、小姓たちは目を閉じた。

「すまぬ。身分を明かせば、気兼ねなく付き合《お》うてはくれぬと思うたのだ」

　甲府藩主に頭を下げられて、権八は慌てて座り、頭を下げた。およねも頭を下げている。

　少し間を置いて権八は顔を上げたのだが、左近がまだ頭を下げているので、ふたたび下げた。そのまま口を開く。

「殿様が、あっしらのような者に頭を下げちゃいけねぇ。どうか、顔をお上げになっておくんなさい」

「許してくれるか、権八」

「許すも何も、あっしらと仲よくしたいがためになさったことなら、怒るほうがどうかしていますよ。どうぞ、お上げになってください」

左近が顔を上げると、権八とおよねも上げて、三人で笑った。

権八が言う。

「しかし、旦那もお人が悪いや。すっかり騙されてましたよ。お琴ちゃんは知っているんで？」

「うむ」

「それじゃ、岩城の先生も」

「知っている」

「煮売り屋のご夫婦はどうなんです？」

「あの二人は夫婦ではない。お琴を守るために遣《つか》わした、おれの家臣だ」

これには、およねが仰天した。

「小五郎さんとかえでさんが、左近様のご家来ですって！」

左近がうなずいて言う。

「おれは以前、命を狙われていたことがあったゆえ、お琴に悪の手が及ばぬよう用心しておったのだ」

およねが急に不機嫌になった。

「それじゃ、遠慮なく言わせてもらいますよ」

「うむ」

「そこまで想っていなさるのに、どうしてこたびは、おかみさんと別れたんです」

権八が賛同した。

「よく言った。まさか甲州様とは思いもしなかったんで、驚いて忘れちまうところだった。おれたちゃ、文句を言うつもりで迎えのお侍についてきたんだ。お琴ちゃんを泣かせたわけを教えてもらいましょうか」

「前にも言いましたけど、おかみさんは、左近様の想いに応じて、お屋敷に入るつもりだったんですよ」

「旅というのは嘘《うそ》なんでしょ。お城に入ることになったので、邪魔になったんですかい」

左近は辛くなり、目を閉じた。

その寂しそうな顔に、権八は息を呑み、口を閉じた。

およねが、すがるように言う。

「左近様、今でもおかみさんがお好きなんでしょ。見ればわかりますよ」

左近は顔を横に向け、引き結んだ唇《くちびる》を震わせている。

およねはあきらめない。

「おかみさんは明るくされて、京へ行くなんて言ってますけど、瘦《や》せ我慢をしているんですから。胸の奥底に、どのようなわけを秘めていらっしゃるのか知りませんが、好いた二人が別れるなんて悲しすぎます。城へ入られるなら、どうか、おかみさんも一緒に連れていってください」

涙ながらに訴えるおよねに、左近は顔を向け、首を横に振った。

「城には、連れていけぬ」

「どうして」

「お琴をこころの底から想うておるからだ。おれは今も、何者かに命を狙われている。その相手は闇が深く、正体をつかめぬ。このまま城に入れば、いや入らなくとも、おれと関わりがある者は巻き添えになる」

「お咲のことをおっしゃっているんでしょう。だから、お琴ちゃんと別れたんですかい」

権八が言ったので、左近は顎を引いた。

「お琴には、申しわけないと思うておる。共に生きていきたいと願っていたが、今のままでは、不幸にしてしまう。それだけはできぬのだ」

左近のこころの中には、かつて許婚《いいなずけ》だったお峰《みね》がいる。病《やまい》で倒れたお峰が、妹を頼む、と文《ふみ》に遺《のこ》していたことが、頭から離れぬのだ。

悲しげに打ち沈む左近の表情を見て、権八とおよねが涙を流した。

およねが言う。

「おかみさんは、左近様の本心を知らぬまま、旅立とうとしています。それでいいんですか」

「このままでよいのだ。おれの本心をお琴が知れば、江戸に残ると言うだろう」

「よくおわかりですこと。でも、それじゃいけないんですか。命を狙う相手を倒せば、また前のように……」

左近が頭を下げたので、およねは口を閉じた。

「権八、およね、何も言わずに、江戸を離れてくれ」

「旦那……」

「左近様……」

「誰も巻き添えにしたくないのだ。頼む」

頭を下げたままの左近に、およねが言う。

「生まれてこのかた、一度も江戸から出たことがないってのに、どこに行けとおっしゃるんですよう」

「京へ行って、お琴の支えになってやってくれぬか」

「そいつは、考えもしなかったな」

権八が言い、およねに顔を向けた。

「大工仕事は上方でもできる。おめぇも、お琴ちゃんが京へ行くなら、手伝いたいと言ってたろう」

「あたしゃ、そんなこと……」

権八がおよねの背中をたたいた。

「言ったよな」

亭主の気持ちを察したおよねが、言ったかも、と口裏を合わせた。

権八が鼻に手のひらを当てて、すすりあげた。

「左近の旦那には、これまでに何度も助けられたおれたちだ。今こそ、ご恩を返そうじゃないか」

　およねが着物の襟《えり》を正して、左近に顔を向けた。

「わかりました。おかみさんのことは、あたしたちにまかせてください」

「すまぬ」

「そのかわり、誰に命を狙われても、負けたら承知しませんよ」

「うむ」

「しつこいようですけど、おかみさんには、ほんとうの気持ちを言わないつもりですか」

　左近が、ゆっくりと顎を引く。

　およねの目から涙がこぼれた。

「ほんとうに、もう二度と会わないつもりですか」

「会えば、辛くなるばかりゆえな」

　左近はそう言って、小姓にうなずいた。

　応じた小姓が、自分の後ろに置いていた三方《さんぼう》を持って進み、権八の前に置いた。

　藤色の布をかけられた三方に、権八が目を向ける。

「こいつは、なんです？」

「殿からのお志《こころざし》です」

小姓はそう言うと、布を取った。

一両小判を五十枚包んだ物が、六つ置かれている。合わせて三百両もの大金に、権八とおよねは驚きの声をあげた。

「だ、旦那、こいつはいけねぇ。こんな大金持ったら、ろくな人間にならねぇ」

左近が言う。

「住み慣れた江戸を離れてもらうのだ。棟梁《とうりょう》になる夢を、京の地で叶《かな》えてくれ」

「旦那ぁ」

顔をくしゃくしゃにする権八の横で、およねがため息をつく。

「こんなによくしてもらっちゃ、罰《ばち》が当たりますよ」

「何を言うか。おれのせいでこのようなことになり、ほんとうに申しわけない。快《こころよ》く受け取ってくれ」

およねは権八を見た。

「お前さん」

「うん、うん」

権八は何度も顎を引き、小姓が袱紗《ふくさ》に包んで差し出した小判を受け取って、大事そうに抱えた。

　左近が立ち上がったので、およねが寂しそうな顔を向けた。

「左近様、これでお別れですか。もう会えないのですか」

「うむ。お琴には、幸せを願っていると、伝えてくれ」

　権八が言う。

「ほんとうに、もうお会いできないので」

「二人とも、末永く達者で暮らせ」

　左近はそう言うと、部屋から出ていった。

　二人の小姓が左近に付き添い、去っていく。

「左近の旦那」

「左近様」

　追って廊下に出た二人の前に、間部が立ちはだかる。

「お送りします」

　そう言った間部の目も赤くなっていたが、権八とおよねは顔を見ずに廊下に座り込み、抱き合って泣いた。

三

この時、雨宮真之丞は、左近の薬が残り少ないことに気づき、西川東洋に薬をもらいに根津の藩邸を出ていた。

爽《さわ》やかに晴れた空の下、徒侍《かちざむらい》と共に谷中の寺町を急いでいた雨宮は、寺の土《ど》塀《べい》の角から現れた浪人風の男に鋭い眼差しを向けられ、立ち止まった。

相手は二人。

その異様な殺気に、

「今日はやめておきましょう」

雨宮が徒侍に小声で告げてきびすを返すと、編笠を着けた三人の侍が、帰り道を塞いで立っていた。跡をつけられていたのだ。

前後を挟まれた雨宮は、徒侍と共に塀際に下がった。

「澤山右京の手の者か」

雨宮の声に応じるように、二人の浪人風の背後から、片腕の奏山が現れた。

目を見張る雨宮に、奏山が訊く。

「貴様の名を聞いておこう」

「知ってどうする」

「おれの名は、奏山だ」

相手に名乗られては、武士として名乗らぬわけにはいかぬ。

雨宮が名乗ると、奏山はほくそ笑んだ。

「雨宮真之丞、その命頂戴《ちょうだい》し、仲間の仇《かたき》を討たせてもらう」

「仲間だと？」

「三島屋にいたお咲と言えばわかろう」

「黙れ！」

徒侍が抜刀《ばっとう》した。

雨宮が言う。

「お咲のことは聞いている。お前たちが、忍びの女を使ってまで、殿のお命を奪おうとしたからであろう！　それに、女は自ら毒を飲んだと聞いているぞ」

「問答無用。やれ」

奏山の声に応じて、配下が抜刀し、徒侍に迫る。

徒侍は、打ち下ろされた刃《やいば》を受け流して前に出るや振り向き、敵の背中を斬った。

だが、着物を斬ったのみだ。二人目の敵が徒侍の隙《すき》を襲い、横腹を突いた。

抜刀した雨宮は、徒侍を襲った敵の横手から迫り、肩をめがけて斬り下ろしたのだが、敵は己の刀から手を離して身軽に跳びすさり、一撃をかわした。

雨宮は、横腹に刺さった刀をつかんで座り込む徒侍をかばい、敵と対峙《たいじ》する。

奏山が、配下をどかせて前に出た。

「おれが相手だ」

「おのれ」

雨宮が脇構《わきがま》えに転じて前に出る。

「やあっ！」

振り上げて斬りかかる雨宮に応じて、奏山が抜刀して一閃《いっせん》した。

静かに刀を鞘《さや》へ納《おさ》める奏山の背後で、雨宮は腹を押さえて両膝を地面につき、苦しみの声を吐いた。

奏山が見くだし、配下に眼差しを向けて顎を引くと、その場を立ち去った。

残った一人が近くの寺に駆け込み、本堂で経をあげていた僧たちに告げる。

「表で人が斬られている。助けてやってくれ」

驚いた僧たちが表に出て、倒れている雨宮と徒侍に駆け寄る。

僧たちによって運び込まれたのを見届けた配下は、門に掲《かか》げられた浄名寺《じようみようじ》の寺号額《じごうがく》を見上げると、その足で根津へ向かった。

甲府藩の屋敷近くに来た男は、人気《ひとけ》のない場所で待っていた仲間と落ち合い、大刀を預けた。

「うまくやれ」

「おう」

たくらみを含んだ顔でうなずき合い、道へ走り出た。門前を掃除していた中間《ちゆうげん》の前で立ち止まり、息を切らせながら告げる。

「わたしは、谷中の浄名寺に仕《つか》える小姓でございます。つい先ほど、寺の前で斬り合いがあり、こちら様のご家来が二人、大怪我《おおけが》をされました」

中間はひどく驚いた。

「何！　どなたが襲われたのだ！」

「お一人は、雨宮様と名乗られました」

「雨宮様だと。生きておられるのか」

「虫の息でございますので、どなたかお急ぎください。ご案内しますので」

「すぐに呼んでくるので、ここでお待ちを」

中間に知らされて出てきた藩士は、動揺のあまり右京の配下を寺小姓《てらこしょう》と信じてしまい、甲府藩勘定役《かんじょうやく》の清水《しみず》と名乗って、案内を急がせた。

他にも、徒頭《かちがしら》の佐竹《さたけ》をはじめ、雨宮と徒侍をよく知る者が数名いる。

右京の配下は、その者たちを案内して浄名寺へ行く。

寺のことを知っている清水は、なんの疑いもなく先を急いでいた。

その清水たちが人気のない道へ差しかかった時、前から右京の配下が現れ、後ろからも迫った。

抜刀して迫る曲者《くせもの》に驚いた清水たちは、ここでようやく罠《わな》だと気づいた。

「おのれ、謀《はか》ったな！」

寺小姓になりすましていた右京の配下が、仲間から大刀を受け取り、抜刀して叫ぶ。

「斬れ。一人残らず殺せ」

清水たち甲府藩士は、迫る敵に抜刀して応戦した。

だが、敵は剣技に勝り、次々と倒されていく。

その中で、一刀流《いっとうりゅう》の達人である徒頭の佐竹は、敵を二人斬り、清水を助けて逃げようとしたのだが、寺小姓になりすましていた男が行く手を塞いだ。

「恨《うら》むなら、綱豊を恨め」

言うや、猛然と迫った。

佐竹は一撃を受け止めたのだが、敵は刀を巧《たく》みに操《あやつ》り、刀身を佐竹の刀に巻きつけるかたちで峰《みね》を押さえ込むや、刃を横にして滑らせた。

粘りつくような技は一瞬のことで、佐竹はどうする間もなく、胸を突かれた。

「うっ」

見開いた目を敵に向け、刀を振るって斬ろうとしたのだが、敵は柄《つか》を左手のみでにぎって佐竹の真横に並んで阻止し、刀に力を込める。

口から血を吐いた佐竹は、地面に両膝をつき、仰向《あおむ》けに倒れた。

「佐竹殿！」

清水が叫び、敵を睨《にら》む。

「おのれ、よくも」

敵は無表情の顔を向けた。

「甲府藩士など、奏山様のお手をわずらわせるまでもない。この村木済周《むらきさいしゅう》が、冥土《めいど》に送ってやる」

済周は刀を肩に置くや猛然と迫り、応戦して斬りかかろうとした清水の間合いに飛び込んで斬り抜ける。

脇腹を前から背中まで断《た》ち斬られた清水は、うつ伏せに倒れ、呻《うめ》き声をあげることもなく息絶《いきた》えた。

四

浜屋敷《はまやしき》から帰った左近は、門を潜り、御殿の玄関に歩んだ。

留守をしていた江戸家老が、左近の帰りを知って玄関に出てくると、

「殿！　大ごとにございまする」

足袋《たび》のまま外へ下り、左近の前に片膝をついた。

家老のただならぬ様子に、左近が険しい顔をする。

「いかがいたしたのだ」

家老は、雨宮真之丞が襲われ、清水と佐竹が手の者を率いて浄名寺に急いで向かったことを告げた。

左近は驚き、雨宮を案じた。

「命は無事なのか」

「知らせにまいった寺小姓によれば、重篤《じゅうとく》とのことです」

「余《よ》もまいる」

きびすを返す左近の前に、間部が立ちはだかった。

「敵の罠かもしれませぬので、清水殿と佐竹殿の帰りをお待ちください」

左近は家老に顔を向けた。

「清水と佐竹の両名は、いつ出かけたのだ」

「一刻（約二時間）前でございます」

浄名寺に行ったにしては、戻りが遅い。雨宮の身に何かあったのかもしれぬと、悪い方向に考えた左近は、止める間部をどかせて出ようとした。

そこへ、中間が青い顔をしてやってきた。

「表に、浄名寺の使いだと言う者が来ております」

これには家老が驚いた。

「またか」

「それが、その者が申しますには、寺から小姓を遣わしたことはなく、使いは初めてだそうです」

間部が訊く。

「一人か」

「はい」

「人相は」

「小坊主でございます」

「通せ」

左近の命に応じた中間が外に出て連れてきたのは、まだ十歳ほどの修行僧だ。

間部が訊く。

「一刻前に寺小姓がここへ来たが、覚えはないのだな」

「はい」

家老が険しい顔で問う。

「当家の者が怪我をしたと聞いたが、まことか」

「はい。雨宮様のお言葉を代筆した物を、お届けに上がりました」

小坊主から文を受け取った坂手文左衛門が、左近に渡した。

左近はその場で目を通し、安堵《あんど》の息をつく。

「二人とも怪我をしているが、命には関わらぬそうだ」

言いつつ、左近の脳裏《のうり》に不安がよぎり、家老に訊く。

「清水と佐竹は、何人連れて出た」

「六人でございます」

するると、小坊主が口を開いた。

「こちらにまいる途中、町のお役人様が大勢集まっておられました。斬り合いがあったそうにございます」

「それはまことか」

「はい」

「死人が出ておるのか」

「数名が、亡くなられたようです」

小坊主の言葉に、その場にいる藩士たちがどよめき、間部が焦《あせ》った顔を左近に向ける。

「わたしが見てまいります」

「うむ。敵の罠に嵌《は》まって連れ出され、奇襲を受けたのかもしれぬ。万が一を考え、清水らを引き取るための人を連れていくがよい」

「はは」

文左衛門が左近に言う。

「それがしは、雨宮殿の様子を見てまいります」

「一人ではだめだ」

「それではお屋敷が手薄になります」

「構わぬ」

「いいえ、なりませぬ。屋敷を手薄にするのが敵の狙いやもしれませぬ」

左近は、文左衛門の意を汲《く》み取った。

「待ち伏せがあるやもしれぬ。くれぐれも用心せよ」

「道を変えますので、ご安心を」

文左衛門は、間部に顔を向けた。

「斬り合いがあったところまで同道いたす」

「うむ」

間部は小坊主に案内させて、八名の手勢を率いて藩邸を出た。

途中で二人の役人とすれ違ったので、間部が声をかけた。

「待たれよ。もしや、甲府藩邸を目指しておられるか」

立ち止まった役人が、歩み寄った。

「甲府藩の方々《かたがた》でござるか」

「いかにも」

役人がうなずき、気の毒そうな顔で告げる。

「そこの角を曲がったところで斬り合いがあり、亡くなられた方の所持品から貴藩の方々だと判明いたしましたので、お知らせにまいるところでござった」

「我らも、この小坊主から話を聞き、確かめにまいるところでした。案内を頼みます」

「こちらへ」

役人のあとからついていくと、静かな寺町の道が、悲惨な光景となっていた。

土塀は飛び散った血でどす黒く汚れ、道には血まみれの骸《むくろ》が倒れている。

皆、間部が見知った顔だ。

清水は、雨宮を心配して駆けつけていたに違いなく、目を開けたまま、無念の表情で息絶えている。

間部は清水の顔に手を差し伸べて、目をつむらせてやり、手を合わせた。

町人から話を聞いていた陣笠《じんがさ》を着けた若い男が、間部に目をとめると、同心《どうしん》にあとをまかせて歩み寄り、声をかけてきた。

「甲府藩のお方ですか」

「いかにも」

「北町《きたまち》奉行所与力です。話を聞かせてください」

間部が立ち上がり、若い与力と向き合う。

与力は緊張しているようだが、まっすぐな心根を表すような、真剣な眼差しを向けながら言う。

「刀傷を見ましたが、相手は恐ろしいまでの遣《つか》い手《て》。いったい、甲府藩では何が起きているのですか」

間部は鋭い眼差しを向けた。

「大名家のことゆえ、控えていただこう」

すると与力が、一層表情を引き締めて訊く。

「もしや、先日起きた、尾張藩附家老襲撃の一件に関わりがございますか」

間部は答えなかったが、与力は引き下がらない。

「甲州様には、これまで我ら町方は幾度となく救われ、江戸の民も数多く助けられてまいりました。今こそ大恩を返す時。下手人《げしゅにん》に覚えがございましたらお教えください。お力になりとうございます」

「ありがたいことだが、関われば必ず死人が出る。この惨状《さんじょう》を見ればおわかりであろう」

「しかし、町中で起きたことを放ってはおけませぬ。町の者に被害が出るのを防ぐためにも、我らにできることをさせてください」

熱心な与力に、他の同心たちは迷惑そうな顔をしている。

間部と同じくらいの年頃の若者だが、なかなか骨がありそうだ。

――きっと殿は、この与力を気に入るであろう。

そう思った間部は、目を合わせ、己の名を名乗った。

すると与力は、律義に頭を下げた。

「申し遅れました。藤堂直正《とうどうなおまさ》と申します」

間部はうなずいた。

「藤堂殿の名は、必ず殿にお伝えいたす」

「それよりも、間部殿、下手人のことを知っておられるなら、お教えください」

しつこい藤堂に、間部は根負けした。

「藩士を襲ったのは、おそらく片腕の剣客。名は奏山だ」

「片腕の、奏山」

「裏で操っているのは、澤山右京という男だ。はっきりしているのは、新陰流の手練《てだれ》だということと、奴らが今狙うは、我が殿のお命ということだけだ」

藤堂は神妙な顔でうなずいた。

「せめて、誰が見てもわかりやすい、片腕の剣客を見つけ出すお手伝いをさせてください」

「町方が関わるのはよいが、命がけになると思われよ」

すると、古参の同心がたまりかねた様子で藤堂の袖を引き、小声で告げる。

「藤堂様、大名家のことに関わるのは、お奉行が承知されませぬ。ここはお控えくだされ」

「いや、しかしだな……」

「まあまあ、今後のことは奉行所に戻って、ゆっくりと」

古参の同心がそう言って、別の同心に藤堂を引っ張らせると、間部に愛想笑《あいそ》いを向けた。

「どうも、とんだ差《さ》し出口《でぐち》を申しました。何せ見習い与力でございますので、張り切るあまり、己の立場がわからなくなるのでございます。今のは、お忘れくだされ」

「いや……」

「これより奉行所は手を引きますので、あとはよしなに」

同心はそう言うと、町方の役人に引きあげを命じた。

藤堂は、まだ話は終わっていないと言って抗《あらが》っていたが、同心たちに引っ張られていった。

探索を頼めるならそれに越したことはないと思っていた間部は、残念そうなため息をつき、気持ちを切り替えて同心に告げる。

「亡骸《なきがら》を藩邸に運びたいのだが、手を貸してもらえぬか」

「承知しました」

同心は後ろを向き、おい、と数名の小者を呼び集め、手伝いを命じた。

文左衛門が、間部に歩み寄る。

「では、それがしは寺にまいる」

「くれぐれも、用心なされよ」

「うむ」

文左衛門は、人通りがある道を選んで浄名寺を目指した。

跡をつける気配を常に探り、わざと狭い路地に入って別の通りへ出るなどして、無事に浄名寺へ辿《たど》り着いた。

小坊主の導きで宿坊《しゆくぼう》に行った文左衛門は、まずは和尚《おしよう》に会い、雨宮たちのところへ案内してもらった。

雨宮と徒侍の若者は、手当てによって一命を取り留《と》めたものの、傷の痛みに苦しんでいた。

文左衛門が部屋に入ると、気づいた雨宮が悔し涙を流した。

「殿に用心するよう言われていたのに、このようなことに」

「辛い気持ちはわかるが、二人ともこころを穏やかにせぬと、傷によくない」

文左衛門は、あえて清水たちのことは告げなかった。

雨宮が言う。

「殿に、ご心配をおかけしてしまいました」

「しっかり養生《ようじょう》して、一日も早く笑顔を見せることだ」

「はい」

「辛いことを思い出させるが、襲ったのは、片腕の男か」

「はい。他にも五人ほどおりました」

文左衛門はうなずく。

「よく生きていたな」

「そこがわかりませせぬ。敵は、この寺の者にわたしたちのことを助けさせたのです」

雨宮が言った時、文左衛門は気配に気づいた。

「そういうことであったか」

文左衛門は言うなり、傍《かたわ》らに置いていた刀を取ると、外障子に鋭い眼差しを向けた。

その刹那《せつな》、障子を突き破って来た敵が、文左衛門に襲いかかった。

咄嗟《とっさ》に抜刀して刀を弾《はじ》き上げた文左衛門が、返す刀で敵の頭に一刀を浴びせる。

呻いた敵が下がり、廊下から庭に転げ落ちた。

外に出た文左衛門を見た敵の一人が舌打ちをして、背後にいる男に言う。

「済周様、この男は綱豊ではありません」

「何っ！」

慌てる済周を、文左衛門が睨む。

「殿をおびき出すために、このような真似をしたのか」

「ふん、だったらどうした。我らの仲間を死なせた綱豊と甲府藩士は、生かしてはおかぬ」

「そちらが先に仕掛けておいて、勝手なことを申すな」

文左衛門は庭に下り、刀を構えた。

寺の者たちは騒ぎに気づき、大声で人を呼べと叫んでいる。

済周が一瞥《いちべつ》し、苛立《いらだ》ちの声をあげた。

「退《ひ》け」

油断なく下がり、きびすを返して走り去る敵を、文左衛門が追う。

寺の裏から外へ出た済周たちを追って出た文左衛門は、最後尾の敵を斬り、猛然と走る。

「待て！」

済周は、立ち止まって対峙した。余裕の笑みを浮かべながら吐き捨てるように言う。

「愚《おろ》かな奴よ。追ってこなければ命を永らえられたものを」

言うや抜刀し、切っ先を背後に隠す構えで猛然と迫る。

文左衛門も前に出た。

両者すれ違いざまに刃を振るい、激しい火花を散らす。

同時に振り向き、振り上げて打ち下ろした刃がぶつかり合い、済周が返す刀で斬り上げた。

凄《すさ》まじい剣に、文左衛門はたまらず跳び下がって間合いを空けた。一瞬の遅れにより、右の手首を浅く斬られている。

流れる血を見て、済周がほくそ笑む。

文左衛門の目を見ながら、配下に告げた。

「こ奴は、おれが始末する。お前たちは寺に戻って、用ずみの甲府藩士を殺せ」

「はは」

きびすを返した配下は、疾風《はやて》のごとく現れた者に斬られ、呻き声をあげて倒れた。

驚いた別の配下が刀を向ける。

「貴様は、岩倉具家《ともいえ》……」

岩倉は無言でその者に迫り、相手が刀を振り上げた隙を突いて腹を斬ると、別の配下が斬りかかる刃をかわして、袈裟《けさ》懸《が》けに斬り倒した。

鋭い眼差しを済周に向けた岩倉が、猛然と前に出る。

「おのれ」

刀を岩倉に向けた済周。

その隙を見逃さぬ文左衛門が斬りかかり、済周の手首を切断した。

「ぐあああっ！」

刀を捨て、血が噴き出る手首を押さえて下がる済周に、文左衛門が迫る。

峰打《みねう》ちに倒すべく、刀身を転じたのを見た済周は、脇差を抜き、首に当てた。

「待て！」

止める文左衛門に不気味な笑みを見せた済周は、自ら命を絶った。

捕らえて口を割らせようとしていた文左衛門は、しまったとばかりに唇を嚙《か》む。

岩倉が横に並んで言う。

「おぬしは、綱豊殿の家臣か」

文左衛門は頭を下げた。

「危ないところをお助けくださり、かたじけのうございます。あなた様は、殿のお知り合いですか」

「うむ。今日は会いに行こうと思うていたところだ」

「おかげで助かりました」

「ふん、謙遜《けんそん》いたすな。生かして捕らえようとしなければ、この程度の男に斬られはすまい」

見抜かれていたことに、文左衛門は苦笑いで応じた。

「それがおわかりになるとは、あなた様も、相当な遣い手。よろしければ、流派をお教えくだされ」

「鬼法眼流《きほうがんりゅう》だ。かつて綱豊殿と真剣勝負をしたが、葵一刀流《あおいいっとうりゅう》には敵《かな》わなかった」

文左衛門は目を見開いた。

「殿と闘われたのですか」

「案ずるな。今は友と言える仲だ。綱豊殿は、藩邸におられるのか」

「はい」

「では、まいろう」

「寺に傷を負った藩士がおりますので、少々お待ちいただけますか」

「よかろう」

「かたじけのうございます」

文左衛門は岩倉に頭を下げて、一旦寺に戻った。

五

左近は藩邸の自室に籠《こ》もっていた。

家臣を死なせてしまったことで、さまざまな思いが次々と湧《わ》き起こり、苦悶《くもん》の表情を浮かべている。

この危うい時に家臣への警戒を怠《おこた》り、お琴や権八、およねのことに重きを置いて浜屋敷に出向いたせいで、留守の隙を突かれたのだ。

悔《く》いても、死んでしまった者は戻ってはこぬ。残された家族のことを思うと、胸が苦しくなる。

部屋に控えている間部もまた、深刻な顔をしていた。

眼差しを向けた左近は、低い声で告げる。

「亡くなった者たちを手厚く供養《くよう》し、跡継ぎがある者はただちに家督《かとく》相続を許して、跡継ぎがない者には、家が潰れぬよう、養子縁組をすすめてくれ」

「葬儀が終わり次第、そのように取り計らいます。先ほどお話しした、藤堂与力のことですが、探索をお許しになられますか」

「町方を巻き込みたくない。余を助けたいという気持ちのみ、ありがたく受け取っておこう」

「では、手出し無用と、奉行所に届けまする」

左近は顎を引いた。

「文左衛門は、まだ戻らぬか」

「はい」

そこへ、折よく文左衛門が戻ってきた。

文左衛門は廊下に片膝をつき、ただいま戻りましたと言って、次の間へ入った。

左近が訊く。

「真之丞と供の者はどうであった」

「幸い傷も浅く、命に別状はございませぬが、また襲われぬとも限りませぬので、寺の者に頼んで連れて戻りました。今は、各々《おのおの》の役宅で寝ておりまする」

「ご苦労であった。道中、澤山の手の者に襲われなかったのは幸いであったな」

「実は、寺で待ち伏せに遭いました。岩倉殿にお助けいただかなければ、危ういところでした」

「何、岩倉殿に」

「はい。殿にお会いするために、たまたま通りかかったとおっしゃいましたので、共に戻りました。表の客間にお通ししてございます」

「さようか」

間部が言う。

「西ノ丸のことでございましょうか」

左近はうなずく。

「岩倉殿のことだ。西ノ丸に入るなら、必ず将軍になれと言いにまいったのであろう」

間部が険しい顔をした。

「このような時ですので、お帰りいただきましょう」

「いや。文左衛門を助けてくれた礼を言いたいので、会おう」

左近は立ち上がったのだが、急なめまいに襲われてふらついた。

間部が慌てて支える。

「殿、やはり無理をしておられましたな。毒が臓腑《ぞうふ》を痛めつけておるので無理をされてはならぬと、東洋先生がおっしゃっておりました。お具合が優《すぐ》れぬのではございませぬか」

「大事ない。ただの立ちくらみだ」

左近は間部の手を離して歩み、表御殿に渡った。

客間に入った左近を見た岩倉が、探るような眼差しをした。

左近は、岩倉と膝を突き合わせて座り、頭を下げた。

「小五郎の配下から聞いている。一度ならず、二度も家来が世話になった」

「いずれも通りすがりのことゆえ、気にするな」

「小五郎はまだ戻っておらぬが、配下の者から、貴殿も命を狙われていると聞いた」

「迷惑な話だ。わたしも、母方ではあるが家光公の孫に当たるゆえ、狙われたのであろう」

「これではっきりした。敵は、家光公の血を絶やそうとしている」

「暗殺のくわだてのことは耳にしている。鶴姫、綱誠殿、おぬしとわたしを亡き者として、綱吉亡きあとに起こるであろう世継ぎ争いで台頭するのは、誰だと思う」

左近は岩倉の腹を探った。

「水戸の光圀殿と、言いたいのか」

岩倉は首を横に振った。

「あの爺様に、そこまでの野望はない」

「では、誰と思うている」

「おぬしの考えはないのか」

「まったく思いつかぬから困っている」

岩倉が鋭い眼差しを向ける。

「ならば、鶴姫が謀殺《ぼうさつ》されたのちは、誰を世継ぎに考えているのか、直に綱吉に訊くがよい。あがった名に関わる者が、ことを早めておるのやもしれぬ」

「鶴姫様が亡くなった場合などと、上様に訊けるわけがなかろう」

困惑する左近に、やはりな、とつぶやいた岩倉が、鼻先で笑う。

「この事態を収めるために、おぬしを西ノ丸に入れようとしているのだろうが、あの綱吉が、世継ぎのことを考えておらぬはずはない。近しい者には申しているはずだと思わぬか」

「鶴姫様の夫を将軍にと、思われておろう」

「それは違うな」

左近は驚いた。

「他に誰がいる」

岩倉は声を潜めた。

「綱吉は、牧野備後守成貞《まきのびんごのかみなりさだ》の屋敷に通っているが、今年の春頃から回数が増えているのを知っているか」

「回数までは知らぬ」

「では、桂昌院《けいしょういん》までも通っていることは」

「初耳だ」

岩倉は満足げな笑みを浮かべた。

「わたしは、綱吉に溺愛《できあい》されているとの噂《うわさ》がある牧野の娘が、密《ひそ》かに男子《おのこ》を産んだのではないかと睨んでいる」

「馬鹿な」

左近は否定したが、岩倉は聞き入れず、さらに続ける。

「綱吉の子の徳松《とくまつ》が亡くなったあと、謀殺ではないかという噂があったであろう」

「確かにあった。だがそれは一時《いっとき》のことで、すぐに収まった」

「他人は興味が薄れても、親はそうはいかぬはずだ。外で産ませた子を城へ入れれば、大奥では嫉妬《しっと》の嵐が吹き荒れる。綱吉は謀殺を恐れて、牧野の屋敷に母親と共に隠しているのではないか」

左近は、あり得ぬ話ではないと思い、腕組みをして考えた。

「それがまことならば喜ばしいことだ。しかし解《げ》せぬ。何ゆえ、家光公の血を引く我らが狙われるのだ」

「綱吉の子を預かる牧野が、将軍の正統継承者となりうる者を抹殺《まっさつ》し、最後に綱吉を謀殺して若君を世に出し、将軍の後見役として揺るぎない力を手中に収めようとしているのではないだろうか」

　探る眼差しでしゃべっていた岩倉は、これはあくまで妄想だと言って笑ったが、左近は笑えない。

「ない話ではない」

　左近の言葉に、岩倉は真顔となり、身を乗り出した。

「おぬしは、綱吉が将軍になって間もない頃、狩場で命を落としかけたことがあろう」

「ずいぶん前のことだ」

「首謀者《しゆぼうしや》が明らかになっておらぬのを忘れるな」

「忘れてはおらぬ」

「では、牧野には気をつけることだ」

「こころに留《と》めておく」

　岩倉はうなずき、話は変わるがと言って、穏やかな顔をした。

「近々江戸を出て、京へ行くことにした」

　驚く左近に、岩倉が笑みを浮かべる。

「つまらぬ争いに巻き込まれそうなので、逃げることにした」

「さようか。それもよかろう」

「今日は別れを言いにまいったのだ。命あらば、またいつか会おう」

「うむ」

「別れの杯を交《か》わしてくれぬか」

「承知した」

左近は手を打ち鳴らし、廊下に現れた小姓に酒の支度を命じた。

程なく調《ととの》えられた酒肴《しゅこう》の膳から銚子を取った左近が、岩倉に酌《しゃく》をした。

互いに杯を掲げて、口に流す。

左近は岩倉に、お琴のことを話した。

別れを告げたことを知り、岩倉は神妙な顔をして杯を口に運び、一息に干した。

「悲しい恋の話は、酒が胸に染みる。おぬし、ほんとうにそれでよいのか」

左近は、顎を引いた。

「お琴は、かねてよりの誘いを受けて、京へ行くことを決めたそうだ」

「さようか……強いな、女は」

左近は居住まいを正した。

「道中の用心棒を、引き受けてくれぬか」

「お安いご用だ。して、発つのはいつだ」

「知らぬ。京橋の中屋という小間物問屋の女将《おかみ》が、世話をしてくれる。すまぬが、訪ねてくれぬか。女将の名は、百合殿だ」

「わかった。では、折を見て足を運んでみるとしよう」

岩倉は立ち上がり、左近に言う。

「百合とやらに言うことがあれば、伝えてやるぞ」

「くれぐれもお琴を頼むと、伝えてくれ」

頭を下げる左近に哀れむような眼差しを向けた岩倉は、片膝をつき、肩に手を置いた。

「願いを聞くかわりに、わたしからも頼みがある」

顔を上げた左近に、岩倉が真顔で告げる。

「いずれ必ず、将軍になってくれ。京で祈っている」

「岩倉殿……」

それはできぬ、と言おうとした左近を、岩倉が手で制した。

「お琴殿の出立《しゅったつ》の日がわかれば知らせてやる。ではな」

そう言うと、岩倉は帰っていった。

廊下に出た左近は、茜色《あかねいろ》に染まる空を見上げた。白鷺《しらさぎ》が飛ぶのを目で追っているうちに寂しさが込み上げ、長い息を吐いた。

この空の下で、何人の者が涙を流しているのであろう。

殺された家臣たちと家族の無念を想い、泣いて出ていったお琴を想い、胸が締めつけられて視界が揺らぐ。

左近は今ほど、己の境遇を呪《のろ》ったことはない。

そしてそれは、欲のために人を傷つけ、殺した悪への怒りへと変わり、拳《こぶし》をにぎりしめた。

視界の端に映《うつ》った影に顔を向けると、小五郎が軒下《のきした》に片膝をつき、頭を下げた。

二日ぶりに戻った小五郎は、澤山右京の屋敷を突き止めたという。

「思いのほか手間取りましたが、澤山の潜伏先《せんぷくさき》に間違いございませぬ」

「敵の人数は」

「ざっと、二十人はおりまする」

左近はうなずき、小姓に命じる。

「ただちに人を集めよ」

「はは」

小姓は、家老たちに声をかけに向かった。

江戸家老と間部は、あらかじめ選んでいた剣の遣い手三十余名を集め、ただちに支度を整えた。

左近は万全の体調ではないものの、羽織袴《はおりはかま》を着け、宝刀安綱を腰に帯《お》びて家臣たちの前に立ち、決して油断せず、天下を揺るがす者どもを捕らえるよう命じた。

清水と佐竹たちを殺され、悲しみの中にいた家臣たちの士気は高い。

左近の命に声をあげて応じ、隊列を組む。

左近は皆を率い、案内をする小五郎に続いて屋敷から出た。

六

隠れ家にいた澤山右京は、戻った奏山から、村木済周が命を落としたことを知らされたのだが、顔色ひとつ変えずに、愛刀の備前兼光《びぜんかねみつ》を見つめている。

「済周ほどの者が斬られるとは、敵もやりおる。綱豊か」

「いえ、綱豊の手の者と、岩倉具家です」

右京は刀を鞘に納め、奏山を睨む。

「前に襲った時にしくじっておらねば、奴に邪魔をされることもなかったのだ」

「申しわけございませぬ。次こそは必ず、仕留めまする」

「その言葉、忘れるでないぞ」

言った右京と奏山が同時に気配に気づき、外障子に顔を向けた。

にわかに外が騒がしくなったので、奏山が障子を開けて声を荒らげた。

「何ごとだ」

「甲府藩の襲撃にございます」

配下の焦った声に、奏山が右京に顔を向け、ほくそ笑む。

「こちらから出向く手間が省《はぶ》けました」

「ふん」

右京は、邪悪な笑みを浮かべて立ち上がった。

「皆殺しにしてくれる」

二人は配下を連れて庭に下り、表に向かった。

取り押さえられていた配下を助けに入った奏山が、藩士に刀を一閃したが、防具を割ったのみだった。

怯《ひる》まぬ甲府藩士が、奏山に斬りかかる。

刀で受けた奏山の背後から前に出た右京が、気迫と共に刃を振るい、藩士の手首を切断した。

門の前にいる左近を見つけた右京が、声をあげる。

「者ども、狙うは綱豊の首のみぞ！」

「おう」

声を聞きつつ、右京は己に迫る藩士たちを次々と斬り倒し、左近を目指す。

左近を守り、押し寄せる敵と闘っていた文左衛門が、藩士を襲う右京を見てつぶやいた。

「……まるで魔剣だ」

左近は文左衛門に斬りかかろうとした敵を峰打ちに倒し、右京に鋭い眼差しを向ける。

乱戦する家臣と敵を挟んで、左近と右京が目を合わせた。

右京は不敵に笑い、対する左近は真顔だ。

あいだに割って入った文左衛門が、刀を八双《はっそう》に構え、前に出た。かたや右京は切っ先を下げて前に出る。

乱戦の中で互いの刀をぶつけてすれ違い、振り向く。一度、剣を合わせただけで、文左衛門は相手の技量を見抜いていた。

「やはり、強い」

文左衛門は思わず声に出した。

「だが、負けはせぬ」

刀を正眼《せいがん》に構える文左衛門に、右京は背を向けた。

「待て」

叫ぶ文左衛門に、右京の配下が斬りかかる。

文左衛門は一撃を受け止めて敵を斬り、右京を追おうとしたが、別の敵に阻《はば》まれた。


いっぽう左近は、斬りかかってきた敵を峰打ちに倒し、敵に押され気味の家老を助けようと前に出た。

力負けして片膝を地についていた家老を押し斬ろうとしていた敵を峰打ちに倒し、家老に手を伸ばして立たせた。

「命拾いしました」

そう言った家老が、危ないと叫ぶのと、己の背後に迫る殺気に応じた左近が安綱を振るうのが同時だった。

隙を狙って襲いかかったのは、片腕の奏山だ。

一撃を受け止めた左近に、恐ろしいまでの形相《ぎょうそう》で言う。

「貴様の命は、このおれがいただく」

「殿！」

家老が助けに入ろうとしたが、右京の配下が立ちはだかった。

「どけ！」

叫ぶ家老の前で、左近は奏山と剣を突き合わせ、横に走る。

奏山が前に出た。

左近は、腹を狙って鋭く振るわれた一撃を受け流し、足を右にさばいて奏山の背中を斬った。

だが浅い。

奏山は跳びすさって間合いを取り、刀を鞘に納めて、抜刀術《ばっとうじゅつ》の構えをする。

ひとつ呼吸を整えるや、猛然と前に出た。

抜く手も見せぬ抜刀術によって振るわれた刃を、左近は安綱で受けた。火花が散り、刀を引いた奏山がすかさず突く。

右手ににぎる柄を滑らせる必殺技により、まるで生き物のごとく、切っ先が左近の胸に伸びてきた。

並の剣客ならば胸を貫《つらぬ》かれたであろうが、左近は安綱の刃で滑らせてかわした。

刀を引いた奏山が、片手斬りにせんと振り上げた。

左近はその隙を突き、胴を斬り抜ける。

「うおっ」

呻きながら目を見開いた奏山であるが、左近に振り向く。

振り上げている刀で斬りかかろうと前に一歩踏み出したが、二歩目を出すことはできずにくずおれた。

家臣たちの働きで敵は戦意を失い、次々と取り押さえられている。

だが、勝利とは言えなかった。右京を取り逃がしてしまったからだ。

小五郎と久蔵が、左近の前に片膝をつく。

「逃げた澤山右京のあとを追いましたが、配下に邪魔をされ、見失いました」

揃《そろ》って頭を下げる二人に、左近は顎を引く。

「捕らえた者の口を割らせ、すべての隠れ家と、背後にいる者の正体を突き止めよ」

「はは」

離れる二人から視線を転じた左近は、刀を杖《つえ》にして片膝をついている文左衛門に歩み寄る。

「文左衛門、どこをやられた」

「ほんのかすり傷です。さすがに甲府藩の選《え》りすぐりだけのことはあります。これだけの敵を相手に、死人が出ておりませぬ」

「そちの働きが大きいのだ」

文左衛門は首を横に振った。

「澤山は恐ろしいまでの剣を遣います。そのような者を逃がしてしまい、申しわけございませぬ」

「澤山は、必ずおれの命を狙ってくる。次こそは逃がさぬ」

左近はそう言うと、日が暮れて暗くなった中で、表の門に顔を向けた。

朽《く》ちたたたずまいは、得体の知れぬ魔物が口を開けているような錯覚《さっかく》にとらわれる。

目頭《めがしら》を押さえた左近は、たまらず片膝をつき、かぶりを振った。

心配する文左衛門に、大事ないと告げ、不気味な門に鋭い眼差しを向けた。

「毒は、容易《たやす》くは消えぬ」

そう言ってほくそ笑んだのは、門の外の暗い林に隠れていた木島だ。

黒ずくめの着物に、黒塗りの笠を着けている木島は、木陰から離れてその場を去り、あるじが待つ屋敷へと帰っていった。

第四話　将軍への道

一

元禄《げんろく》元年（一六八八）の十一月某日――。

柳沢保明は正式に綱吉の側用人に任じられ、上総国《かずさのくに》の佐貫城《さぬきじょう》を与えられて大名になった。

そのお祝いの品を左近の名代《みょうだい》として届けることとなった間部は、一橋御門内の屋敷を訪れ、

「是非とも、二人でお話をさせていただきたく」

と、側近の江越信房《えごしのぶふさ》に頼み込み、客間に通された。

小雨が降る、寒い日のことだ。

多忙を押して客間に現れた柳沢は、人払いをして、間部と膝《ひざ》を突き合わせて座り、まずは祝いの礼を述べた。

間部も改めて祝いの言葉を述べ、形ばかりのあいさつをすませると、互いに顔を見て、しばし沈黙する。

「して、話とは。澤山の手の者を何人か捕らえたと聞いたが、何かわかったのか」

険しい顔で訊《き》く柳沢に、間部は首を横に振る。

「捕らえた者らを責めて黒幕を吐かせようといたしましたが、皆、隙《すき》を見て自ら命を絶《た》ちました」

「そうか。残念であったな」

ため息をつく柳沢に、間部は声を潜《ひそ》めて言う。

「率直《そっちょく》にうかがいます。将軍家は、若君を隠されてはおりませぬか」

柳沢の眉《まゆ》が、ぴくりと動いた。

「いきなり何を申されるのかと思えば、夢幻《むげん》のごときことであるな」

間部は、岩倉が左近に告げた妄想のことをほのめかすべく、口を開く。

「そのような噂《うわさ》を聞きましたもので」

「噂、とな」

探る眼差しの柳沢に、間部は言った。

「火のないところに煙は立たぬと申しましょう。一連の暗殺のくわだては、その隠し子に関わりがあるのではと推測しておりますが、違いますか」

間部に見据《みす》えられ、柳沢は渋い顔をした。

「まことならば、将軍家にとっては願ってもないこと。何ゆえ、こたびのような世継ぎ争いになる」

間部は、家光公の血を絶やすことと、若君を擁立《ようりつ》して徳川の力を手にしようとするたくらみのことを話した。

柳沢は一笑《いっしょう》に付《ふ》すかと思っていたが、険しい顔で間部を見据えた。

「ここで聞いたことは、胸の内にとどめておいてもらえるか」

思わぬ言葉に、間部が神妙な顔で訊く。

「我が殿にも、言えぬことですか」

柳沢は顎《あご》を引いた。

「まだ、はっきりしたことではないのでな」

「承知しました」

柳沢は、落ち着いた口調で話した。

「実を申すと、それがしも隠し子のことを上様にお尋ねいたしました」

間部が身を乗り出す。

「なんと申されましたか」

「決して外に子はおらぬ、とおっしゃられた」

柳沢はひとつ息を吐いて、畳に眼差しを向けながら続ける。

「だが大奥では、間部殿が申したような噂がござる。まさに、煙の火種《ひだね》がくすぶっておるのだ」

「その根拠は、ご存じなのですか」

柳沢はふたたび顎を引いた。

「桂昌院様が、上様と二人きりで男子《おのこ》の話をされていたのを聞いた者がおり、噂の火種となっているのだ」

「桂昌院様は、噂についてなんと仰《おお》せなのですか」

「知らぬことだとおっしゃり、火種を捜されている。見つかれば、その者は生きてはおられまい」

「火を消される前に、柳沢様が捜し出され、真相を突き止められてはいかがですか」

「大奥は伏魔殿《ふくまでん》だ。それがしにはできぬ」

「そうですか」

肩を落とす間部に、柳沢が訊いた。

「甲州様は、誰を疑っておられる」

間部は鋭い眼差しとなった。

「殿は、胸に秘めておられます。これはわたしの推測ですが、上様が五代将軍におなりあそばして間もない頃、殿が上様と狩猟《しゅりょう》に出られた際にお命を狙われたのは、覚えておられますか」

「忘れるはずもない」

「その首謀者《しゅぼうしゃ》が暴《あば》かれぬまま、立ち消えとなっておりまする。わたしは……」

柳沢が手のひらを向けて制した。

「言わんとすることはわかるが、口には出されぬことだ。かの者は、上様のご寵《ちょう》愛《あい》厚く、まさに飛ぶ鳥を落とす勢い。それがしも貴殿と同じことを考えている」

「では……」

「だがもしも、我らの頭に浮かぶ者が、貴殿の申すようなたくらみをしていたとしても、決して、誰にも暴くことはできぬ」

「なぜです」

「隠し子の噂がまことであれば、暴こうとした者は生きてはおれぬからだ」

「しかし噂がまことであれば、その者は若君を擁立して、将軍家の力を手に入れるため、いずれ上様のお命を狙いましょう。それでも黙って見ているのですか」

「そうさせぬために、甲州様に西ノ丸にお入りいただくのだ。甲州様が西ノ丸におわす限り、上様と鶴姫様のお命は狙われぬ。それに、西ノ丸にお入りになられた甲州様を貴殿たち家臣団がお守りすれば、その者は深追いができぬ。すべて丸く収まるということだ」

間部は深刻な顔をした。

「裏を返せば、敵は力を手に入れるために、西ノ丸におられる殿のお命を狙い続けましょう。すでに数名の藩士を殺されている我らにとっては、難儀なことです」

「谷中でのことは、奉行所から耳に入っている。上様も胸を痛めておいでだ」

間部は驚いた。

「まことに、上様が……」

「うむ。綱豊には申しわけないと思うておる……そうおっしゃっていた。誰が裏で糸を引いているのか、薄々気づいておられるのやもしれぬ」

間部はふたたび身を乗り出した。

「ならば何ゆえ、その者をお咎《とが》めくださらぬのです」

「上様は何も申されぬゆえ、気づいておられぬのかもしれぬ」

はぐらかそうとする柳沢に、間部は食い下がる。

「まさか、上様はお子を隠されていることを弱みとされ、その者をお咎めできぬのでは」

「あるいはそうかもしれぬが、外に子はおらぬとおっしゃる限り、我らにはどうすることもできぬ。これから申すことは、それがしが本日、貴殿とお会いすると知られた上様から、賜《たまわ》ったお言葉だ」

柳沢が居住まいを正したので、間部もそれに倣《なら》い、頭を少し下げて聞く姿勢を取った。

柳沢が告げる。

「上様は、甲州様の西ノ丸入りを正月参賀《さんが》の席で諸大名に通達し、天下に知らしめたいとの仰せだ。よって、師走《しわす》の中頃までには、西ノ丸入りをすませるように。これは、お下知《げち》である」

柳沢は懐《ふところ》から書状を取り出し、間部の前に掲《かか》げた。

これに逆らうことは許されない。

間部は押しいただき、頭を下げた。

柳沢が肩の力を抜いて言う。

「甲州様には、お世継ぎが決まるまで耐えていただくしかない。家臣の方々《かたがた》もご苦労をされるだろうが……間部殿、西ノ丸に入られるまでは、特に油断なされぬように」

「心得ました」

間部は書状を懐に収めて立ち上がり、左近が待つ根津の藩邸に帰った。

そして、間部から話を聞いた左近は、家老をはじめとする重臣たちと合議し、西ノ丸入りの日を定めて公儀に届け出た。

公儀はそれを認め、左近が西ノ丸に入る日取りは、師走の朔日《ついたち》と決まった。

二

いっぽう、中屋の百合は、江戸を発《た》つ支度を着々と進めていた。

手代の新吉は、百合が京へ持っていく品を揃《そろ》えるために、朝から買い物に走り回っている。

その中には、お琴の物も含まれていた。花川戸町の三島屋に残している売り物や身の回りの品は、右京の見張りを警戒して取りに行けない。

こたびのことが落着するまで、そのままにしておくことになった時のお琴の悲しみようは、周囲の者の涙を誘った。

百合は、そんなお琴の気持ちを少しでも晴らしてやりたいと言い、小袖《こそで》も新しい物を作った。

新吉は、それらの荷物を他の手代と分け合って背負い、京橋の店に帰ってきたのだが、表から入ろうとした時、中屋に出入りする小間物屋のあるじに声をかけられ、立ち話をした。

忙しい時に、自慢話ばかりする店のあるじに内心苛立《いらだ》ちつつも、商人らしい愛《あい》想《そ》笑いを浮かべながら付き合っていた新吉は、ふと誰かに見られている気がして顔を向けた。

菓子屋の軒先《のきさき》に行列を作っている者たちが、道で立ち話をする新吉とあるじを暇《ひま》つぶしのように見ているのが、目にとまった。

視線を感じたのはこれだと思った新吉は、安心してひとつため息をついた。

それを勘違いしたのか、客が話をやめた。

「とんだ長話で足を止めてしまったね」

と、さんざん話したあとで言う客と別れた新吉は、見送ったあとで店に顔を向けた。

入ろうとしたところでふたたび気配を感じて立ち止まり、振り向く。

すると、編笠《あみがさ》を着けた侍が歩み寄ってきたので、応対すべく向かい合った。

「いらっしゃいませ」

客だと思いお辞儀をすると、侍が立ち止まる。

「こちらに、百合という者はおられるか」

「手前どもの女将《おかみ》でございますが」

「わたしは岩倉と申す。根津の屋敷のあるじに頼まれてまいったと、伝えてくれ」

「根津の……」

左近のことだと思った新吉は、岩倉を招き入れ、店の板の間をすすめて座らせると、他の手代に荷物を預けて百合を呼びに奥へ入った。

あるじの仁右衛門《にえもん》と話をしていたところに邪魔をして来客を告げると、百合はいぶかしげな顔をした。

「岩倉様……聞いたことのない名だね」

「根津のお屋敷のあるじに頼まれたと申されますので、甲州様の使いかと」

百合の表情が険しくなった。

「客間にお通ししてちょうだい」

「はい」

新吉は店に戻り、岩倉を客間に案内した。

上座をすすめ、下座に控えて待っていると、程なく百合が来て、新吉の前に座ってあいさつをし、用向きを訊いた。

すると岩倉は、お琴殿のところへ案内してくれと言い、左近から、京までの用心棒を頼まれたと続ける。

新吉からは、前に座る百合の顔は見えないが、肩がぴくりと動いたのがわかった。細い指で襟足《えりあし》を触るのは、思案をめぐらせている時の癖だ。

そう申されましても……と、百合は落ち着いた声で切り出した。

「初めてお目にかかる方が申されることを、はいそうですか、と応じるわけにはまいりません。甲州様に頼まれたとおっしゃるなら、証《あかし》を見せてくださいな」

「証か」

岩倉は鼻先で笑った。

「そのような物は持っておらぬ。綱豊殿から、お琴殿は本所石原町の岩城道場にいるはずだと聞いていたので訪ねたのだが、ご新造《しんぞ》から、中屋の者と出かけたと聞き、こちらにまいったのだ」

それでも百合は警戒をゆるめない。

「岩城道場のご新造の名をお教えください」

「疑うなら、泰徳殿か、かえで殿をここに呼ぶがよい」

「わかりました。新吉、かえでさんを呼んできてちょうだい」

「かしこまりました」

応じて立つ新吉に、岩倉が待てと言って眼差しを向ける。人を見定める、厳しい目つきだ。

「敵の目があるかもしれぬ。隠れ家に行くなら、跡をつけられぬように気をつけよ」

新吉は険しい顔で顎を引き、裏から出た。

岩倉が百合に言う。

「あの男、ただ者ではないようだな」

すると百合が、薄い笑みを浮かべた。しかしそれについて答えようとはしない。

「奴は何者だ。綱豊殿は知っているのか」

「ご心配なく。悪人でも、忍びでもございませんよ」

「元武家であろう」

百合は、根負けしたように笑った。

「新吉の素性《すじょう》を見抜くとは、旦那も相当なお方ですね」

「申せ、何者だ」

「二年前までは、さるお方に仕《つか》えて八州《はっしゅう》の隠密廻《おんみつまわ》りをしておりましたが、主家が改易《かいえき》となったのを機に商人になりたいと言って、頼ってきたのですよ。商売柄、そのお家に出入りを許されておりましたので、引き受けました。今じゃ、すっかり角が取れて商人らしくなっておりましたのに、見る人が見れば、まだ武家の所作《しょさ》が残っているのですかねぇ」

苦笑いの百合に、岩倉は真顔で訊く。

「あの者も、京に行くのか」

「はい。しばらく、お琴ちゃんを手伝わせようと思っております」

「それは心強い」

このような話がされているとは知らぬ新吉は、抜かりなく店を離れ、お琴たちが隠れている家に行った。

そこは中屋からほど近い南八丁堀にあり、路地を挟んだ向かい側が北町奉行所与力、隣は南町《みなみまち》奉行所与力の拝領《はいりょう》屋敷であった。

ここならば、敵も騒ぎを起こせないはずだと百合が言い、お琴たちを匿《かくま》う場所にしたのだ。

周囲を見回した新吉は、怪《あや》しい気配がないのを確かめてから、家の中に入った。

庭に入っただけでは、人がいるとは思えぬほど静まり返っている。

建てつけが悪くなっている勝手口の戸を開けて入ると、出汁《だし》のいい香りがした。

台所で煮物を作っていたおよねが、明るい顔をして頭を下げた。

「新吉さん、いらっしゃい」

隠れていることなど忘れたかのように明るく振る舞うおよねに、新吉は戸惑いがちに顎を引く。

「かえでさんはいらっしゃいますか」

「いるよ。表の部屋でおかみさんと一緒だけど、何か用かい」

「中屋に客が来たもので」

新吉はそう言うと、草履《ぞうり》を脱いで上がり、表の部屋に行った。

廊下で名乗ると、かえでが障子を開けた。その肩越しに、お琴と泰徳の姿が見える。

新吉は手代らしく、かえでに頭を下げた。

「中屋に岩倉様が来られましたが、ご存じですか」

「知っています」

「本人かどうか確かめてほしいと、女将が申しております」

「ではまいりましょう」

かえでは、泰徳とお琴にすぐ戻ると告げて部屋から出た。

程なく中屋に着き、新吉はかえでと共に百合がいる部屋に入った。するとかえでが岩倉に頭を下げ、百合に本人だと教えた。

ようやく百合は気を許し、岩倉に言う。

「お話は承《うけたまわ》りました。道中、よしなに頼みます」

「うむ」

かえでが岩倉に訊く。

「なんの話でございますか」

すると岩倉が、薄い笑みを浮かべた。

「わたしは京へ行こうと決めて、綱豊殿に別れを告げに行ったのだが、お琴殿の用心棒を頼まれたのだ」

「それは、心強い限りです」

頭を下げるかえでに、岩倉が訊いた。

「そなたも、京まで行くのか」

「はい」

岩倉は笑みを浮かべてうなずく。

「綱豊殿が関わっている相手は、わたしの命も狙いおったゆえ、用心棒を引き受けたものの心配だったのだ。気分が楽になった」

神妙な顔をするかえでを見て、百合が岩倉に訊いた。

「京まで追ってきますでしょうか」

「それは、綱豊殿次第だ。京へはいつ発つ」

「道中で雪に降られると困りますので、師走に入る前には発とうかと」

「さようか。では、それまでお琴殿のところで泊まるといたそう」

承諾したかえでが、百合に言った。

「出立《しゅったつ》の日ですが、少し遅らせてもらえませぬか」

「どうしてかしら」

「殿が西ノ丸にお入りになる日が、師走の朔日《ついたち》に早まったとの知らせが来ました。

殿はそれまでに、陰謀をたくらむ者を見つけ出し、成敗なされます」

岩倉が探る顔で言う。

「ずいぶん自信があるようだが、ほんとうにできるのか」

かえではうなずいた。

「殿は片腕の奏山を倒され、残すは澤山右京のみ。必ずや澤山を捕らえ、黒幕を暴かれましょう」

岩倉は厳しい眼差しとなる。

「そのように容易《たやす》い相手ではない。一日も早く、江戸を離れたほうがよい」

「せめて澤山右京を倒さねば、道中の危うさが増します」

これまで黙っていた新吉が口を挟んだ。

「かえでさんがおっしゃるとおりです。雪を避けるために通る東海道筋《とうかいどうすじ》には、金のためなら平気で人を殺す山賊がおりますので、敵に味方せぬとも限りませぬ」

岩倉が鋭い眼差しを向けた。

「さすがは、元八州廻りだ。よう知っておる」

「どうしてそのことを……」

「ごめんなさい。わたしが教えました」

百合に言われ、新吉はうつむいた。

「わたしは刀を捨てた身。そのことは、京では口になさらないでください」

岩倉が話を受けて言う。

「ここは、おぬしとかえで殿の言うとおりにいたそう。京へ発つのは、綱豊殿が澤山を捕らえてからだ。百合殿、それでよいな」

「はい」

「ではかえで殿、お琴殿のところに案内を頼む」

「かしこまりました」

立ち上がるかえでに続いて廊下に出た岩倉が、新吉に告げる。

「澤山がここに目をつけぬとも限らぬ。女将を守るためにも、刀をそばに置いたほうがよいぞ」

だが新吉は、首を縦《たて》に振らなかった。

「まあいい、好きにしろ」

岩倉はそう言って、かえでと共に出ていった。

百合は煙草盆《たばこぼん》を引き寄せて、煙管《きせる》に葉を詰めながら言う。

「新吉」

「はい」

「刀は持たなくていいわよ。でも、お琴ちゃんのことは守ってあげて」

「わかっています」

「武家の争いでお琴ちゃんが苦しむ顔は、もう見たくないの。頼むわね」

「かしこまりました。怪しい者がいないか、見廻ってきます」

「くれぐれも用心しておくれよ」

「はい」

新吉は頭を下げて、外へ出かけた。

それから程なくして、かえでと岩倉は隠れ家に戻ったのだが、その様子を物陰から見届ける者がいた。

岩倉は、根津の藩邸に左近を訪ねた時からずっと張りついている者がいたことに、まったく気づかなかったのだ。

そしてその者は、隠れ家から出た権八を見定め、お琴がいると睨《にら》んでほくそ笑むと、その場から走り去った。

その日の夜、木島某《なにがし》は、あるじの部屋の廊下に片膝をつき、障子越しに声をかけた。

「殿、先ほど右京の手の者がまいり、お琴の居場所をようやく突き止めたそうにございます。捕らえるか、殺すかのご指示を待っておりまする」

するとあるじは、障子を開けることなく告げた。

「捕らえさせよ。その先は、わかっておろう」

「御意《ぎょい》のままに」

木島は頭を下げ、その場から立ち去った。向かった先は、右京の配下が待つ部屋だ。

屋敷の玄関脇の小部屋に行くと、待っていた右京の配下に告げる。

「女を生かして捕らえよ。命と引き換えに、綱豊に鶴姫と尾張の倅《せがれ》を殺させるのだ」

「綱豊は、いかがなさいます」

「すべての罪を背負わせ、自害させる。右京には、しくじりは許さぬと伝えよ」

「ひとつ、気がかりなことがございます」

「なんだ」

「綱豊は、女に別れを告げておりますが、そのような者の命を守るために、我らの思惑どおりに、鶴姫と綱誠を殺しましょうか」

　木島が冷たい眼差しを向けた。

「そのようなこと、やってみなければわからぬであろう。もしも見捨てるようであれば、女に用はない。お前たちの好きにするがよい」

「承知しました」

「ゆけ」

「はは」

　右京の配下は刀をにぎり、立ち去った。

　木島は部屋から出ようとして、廊下にあるじが来たので片膝をついた。

「伝えたか」

「はい。右京ならば、必ずや成《な》し遂《と》げましょう」

「綱豊を西ノ丸へ入れてはならぬ。気を抜くな」

「おまかせを。来年のうちには、天下を殿の手中に収めてご覧に入れます」

「楽しみじゃ」

　くつくつ笑いながら暗い廊下を戻るあるじを見上げた木島は、己の部屋に戻り、右京の知らせを待った。

三

この夜、お琴の隣の部屋で眠っていた岩城泰徳は、外の気配に目を開けた。

泰徳ほどの剣客になれば、ただならぬ気配を殺気と受け取るのに、時は要さない。

息を殺して起き上がり、刀をつかんだ。

静かに抜刀《ばっとう》して、お琴の部屋に行く。

「起きろ」

夜着《よぎ》を剝《は》ぎ、お琴の腕をつかんで立たせ、背後に回して守る。

気づいたかえでが部屋に入ってきたので、泰徳はお琴を守らせて、障子に近づいて様子を探った。

庭に潜む者が雨戸に近づいた足音に応じた泰徳は、一気に障子を開けて廊下に出るや、雨戸を蹴り倒した。

雨戸をこじ開けにかかっていた曲者《くせもの》が怯《ひる》んだところへ、峰打《みねう》ちを浴びせて倒し、斬りかかってきた別の敵の刃《やいば》を受け止め、押し返す。

戦場《いくさば》剣法である甲斐無限流の体当たりは激しく、敵は飛ばされて倒れた。

その後ろの暗闇から、影が湧《わ》き出るように男たちが迫る。

泰徳は、斬りかかってきた敵の刃を弾《はじ》き上げて胸を峰打ちし、次の敵に打ちかかったのだが、受け止められ、鍔迫《つばぜ》り合《あ》いになった。

その隙に、別の敵がお琴に迫る。

刀を抜いて廊下に上がった刹那《せつな》、駆けつけた岩倉が抜刀し、手首を斬った。

血が流れる傷口を押さえた男が、呻《うめ》き声をあげて庭に転げ落ちた。

表から攻め込んだ敵が襖《ふすま》を蹴り倒し、お琴とかえでに迫る。

小太刀《こだち》を抜いたかえでは、お琴の腕を引いて、隣の部屋に下がった。

そこにいた権八夫婦と共に壁際に下がり、三人を守って敵と対峙《たいじ》する。

「て、てめえら、こんちくしょう」

権八は枕を投げつけた。

およねは権八の腰にしがみつき、目をつむって怖がっている。

多勢《たぜい》に無勢《ぶぜい》だ。

かえでの前にいる二人の敵が、切っ先を向け、じりじりと間合いを詰めてくる。

「降参しろ」

敵が告げた刹那、背後から峰打ちされ、呻き声をあげて振り向く。その腹に拳《こぶし》を突き入れられ、腹を押さえてうずくまった。

残った敵が振り向き、斬りかかる。

刀を手甲《てっこう》で受け、腹を突いて倒したのは、小五郎だった。庭には、久蔵の姿もある。

小五郎の勇《いさ》ましさに、権八が目を見張った。

「つ、強い」

およねが権八に言う。

「お前さん、さすがは左近様のご家来だね」

「まったくだ」

安心する権八夫婦を一瞥《いちべつ》したかえでが、小五郎に顔を向けた。

小五郎が顎を引き、泰徳に声をかける。

「岩城様、お琴様を連れてお逃げください」

「よし」

「岩倉様も」

「うむ」

「かえで、急げ」

小五郎に応じたかえでは、久蔵が敵と対峙している隙に、お琴と権八夫婦を連れて庭に下り、裏の木戸から出た。

泰徳と岩倉も続き、警戒しながら路地を走る。

「追え！　逃がすな！」

声にかえでが振り向くと、小五郎と久蔵が、路地を塞《ふさ》いで敵を防ぐのが見えた。

かえでは泰徳にお琴を託した。

「わたしも防ぎます」

「わかった。中屋で待っておるぞ」

かえでは顎を引き、きびすを返して走る。

心配するお琴の手をつかんだ泰徳が、あの者たちは大丈夫だと言い、夜道を走った。

小五郎は、新陰流を遣《つか》う敵を二人倒し、久蔵の背後から斬りかかろうとしている敵に手裏剣を投げ打つ。

手首に突き刺さった敵が下がるのを一瞥し、闇から迫る殺気に向く。

目の前で応戦した小五郎の配下が刀を飛ばされ、一刀を浴びて壁際に飛ばされたが、鎖帷子《くさりかたびら》に守られ、胸を痛めただけで生きている。

倒れた配下に切っ先を向けて現れたのは、澤山右京だ。

小五郎の配下が横手から手裏剣を投げ打ったが、右京は片手で刀を振るって弾き飛ばし、脇差を抜いて投げた。

虚をつかれた配下が腕を貫《つらぬ》かれ、呻き声をあげる。

久蔵が前に出た。

忍び刀を振るって斬りかかり、受け流されて背中を斬られそうになったが、刀で受けて跳びすさり、手裏剣を投げる。

右京は柄《つか》で受け、猛然と前に出た。

そこへかえでが手裏剣を投げ、板塀を足がかりに跳んで、頭上から斬りかかった。

手裏剣をかわした右京が斬り上げ、かえでの刀と火花を散らす。

着地したかえでは立てずに倒れた。足首を傷つけられていたのだ。

久蔵が助けようとしたが、右京は柄に刺さった手裏剣を抜いて投げ、出端《ではな》をくじく。その隙に、かえでを斬り殺そうとした。

小五郎が前に出る。

刀を振り上げた右京の一瞬の隙を突いて、腹を斬り抜けようとしたのだが、気づいた右京は小五郎に向いて、刃を打ち下ろした。

刀をたたき落とされた小五郎の鼻先に、右京が切っ先をぴたりと止めた。その刀身から伝わる凄《すさ》まじいまでの剣気に押され、小五郎は動けなくなった。

死が目の前にある。

だが、小五郎は恐れぬ。

間合いを空けるべく跳びすさろうとした刹那、右京が猛然と迫った。

無言の気合と共に振るわれた刀を、小五郎は手甲で受けた。だが、そのまま押し込まれ、肩に刃が斬り込まれる。

「くっ」

激痛に顔を歪《ゆが》めながら、小五郎は刀身をつかんだ。

「お頭《かしら》！」

かえでが叫び、久蔵が怒りの声をあげた。

「おのれ！」

斬りかかる久蔵の一撃を、右京は刀から手を離してかわした。

空振りした久蔵が振り向き、対峙する右京の頭を狙って斬り下ろす。だが、右京は刀を無刀《むとう》取《ど》りの技でかわし、久蔵の手首を取ってひねり飛ばした。

奪った刀で久蔵を斬ろうとした時、騒ぎに気づいた与力や同心たちがそれぞれの屋敷から出てきた。

その中には、北町奉行所の若き与力、藤堂直正の姿もある。

「そこで何をしている!」

藤堂は叫び、抜刀した。

同心たちも抜刀し、藤堂と共に、こちらに向かいはじめた。

舌打ちをした右京は、久蔵を睨んだ。

「命拾いしたな」

そう言うと刀を捨て、走り去った。

斬られた肩を手で押さえて両膝をつく小五郎を、かえでが受け止める。

「お頭!」

「お気を確かに!」

歩み寄って傷を見ようとした久蔵に、小五郎が告げる。

「奴を追え、隠れ家を突き止めよ」

「血を止めねば……」

「おれは大丈夫だ。ゆけ」

久蔵は辛《つら》そうな顔で立ち上がると、命令に従って夜道に消えた。

出血に朦朧《もうろう》としながらも、小五郎はかえでを見る。

「久蔵と共に、殿をお守りしろ」

「死なせはしませぬ。死なせは……」

「泣くな、死にはせぬ」

小五郎は、かえでの頬《ほお》に手を当てて微笑《ほほえ》んだのだが、かえでが手を重ねた直後に、力が抜けた。

四

かえでが小五郎を連れて根津の藩邸に戻ったのは、朝方だった。

間部から知らせを受けた左近は、文左衛門と三人で、藩邸の敷地内にある小五郎の役宅に急いだ。

小五郎の配下たちが部屋に集まっていたが、左近が行くと、場を空けて頭を下げた。

起き上がろうとした小五郎を、かえでが止める。

「斬られたそうだな」

左近が言いながら横に座ると、小五郎は神妙な顔を向けた。

「不覚を取りました」

左近はかえでに訊く。

「傷は深いのか」

「東洋先生に診《み》ていただいたところ、筋は斬られておりませぬが、ひと月は動いてはならぬとのことです」

「申しわけありませぬ」

悲痛な表情で詫《わ》びる小五郎に、左近は、よせと言った。

「生きていてくれてよかった。ゆっくり養生《ようじょう》してくれ」

小五郎は、申しわけなさそうな顔で顎を引いた。

左近は、血がにじむかえでの足首に眼差しを落とす。

「そなたの傷はどうなのだ」

「お頭にくらべれば、ほんのかすり傷です」

「歩けるのか」

「はい」

左近は、控えている忍びたちに顔を向けて訊いた。

「そなたらは、怪我《けが》をしておらぬか」

顎を引く者の中に、申しわけなさそうな顔をしている者が数名いる。

腕に巻いた晒《さらし》に血がにじむ痛々しい姿に、左近は痛恨の表情を浮かべた。

「お琴を、この屋敷に入れておくべきであった。皆をこのような目に遭《あ》わせたのは、このおれだ」

小五郎が首を横に振った。

「敵にお琴様の居場所を知られたのは、わたしの不覚でございます。いかようにも、お咎めくださいませ」

「そのようなこと、できるものか。己を責めず、ゆっくり傷を癒《い》やせ。皆もな」

小五郎の配下たちがうな垂れ、沈黙している。

かえでが左近に言った。

「失態をお許しくださるなら、これからお琴様のもとへ行かせてください」

「お琴は今、どこにいる」

「岩城様と岩倉様に守られて、中屋におられます」

左近はうなずき、厳しい顔で告げる。

「百合殿に、京行きを早めるよう伝えてくれ」

「かしこまりました」

かえでは立ち上がった。

久蔵が戻ったのは、その時だ。

床に横たわる小五郎を見て部屋に駆け上がり、悔しそうな顔をする。

「お頭、お怪我は」

「心配するな。それより、澤山はどうした。殿に報告しろ」

久蔵は左近に顔を向け、頭を下げる。

「申しわけございませぬ。見失いました」

左近は顎を引く。

「手強い相手だ。またお琴が狙われるかもしれぬ。かえでと共に配下を連れて中屋に行き、皆を浜屋敷に匿ってくれ。店の者もだ」

「中屋の者も、屋敷に入れるのですか」

「余《よ》と関わっていると思われれば、命が危うい。誰一人として残すな」

「承知しました」

久蔵が腰を上げると、配下たちも立ち上がる。

かえでが小五郎の額《ひたい》の汗を拭《ぬぐ》い、目を合わせてうなずき合うと、立ち上がって久蔵らと共に外へ出た。

左近も一緒に外へ出て、お琴のもとへ行くかえでたちを門まで見送った。

「久蔵、かえで、皆の者も、くれぐれもよろしく頼む」

「はは」

声を揃えた甲州の忍びたちが、朝の町へ駆け出た。

あとから続いたかえでが、門前の灯籠《とうろう》のところに人影を見つけて立ち止まり、目を見張る。

「藤堂殿」

すると藤堂が、引き返してきた久蔵たちに囲まれ、不安そうな顔をした。

かえでが左近に振り向いて告げる。

「こちらは、北町奉行所与力の藤堂直正殿です。お頭とわたしが助かったのは、このお方のおかげでございます」

左近がうなずき、藤堂に言う。

「徳川綱豊だ。世話になった」

頭を下げると、藤堂は慌《あわ》てて、深々と頭を下げた。

かえでが訊く。

「何かございましたか」

顔を上げた藤堂が、左近に告げる。

「方々《かたがた》を襲って逃げた者のことを思い出したものですから、お知らせにまいりました」

左近が顎を引いた。

「中でうかがおう。共にまいられよ」

「はは」

恐縮する藤堂からかえでに眼差しを向けた左近が、中屋に早く行くよう促《うなが》す。

「ここはよい。急げ」

「澤山は恐ろしい剣を遣います。くれぐれも、お気をつけください」

「うむ。お前たちもな」

かえでは心配顔で顎を引き、皆を引き連れて中屋に向かった。

藤堂を招き入れた左近は、自ら案内して表御殿の客間に通し、膝を突き合わせて座った。

屋敷の荘厳《そうごん》さもさることながら、次期将軍の噂が広まっている左近と対面した藤堂は、緊張のあまり、寒い朝だというのに、額に玉の汗を浮かべている。

「楽になされよ」

左近が言うと、藤堂は震える両手を畳についた。

「改めて、お初にご尊顔《そんがん》を拝《はい》し、光栄至極《こうえいしごく》に存じまする」

「貴殿は家臣たちの命の恩人だ。こちらこそ改めて礼を言う」

「いえ。甲州様にはこれまで、幾度となく町の民をお救いいただいておりますので、町の治安を預かる奉行所の者としましては、少しでも恩返しができ、嬉しく存じまする」

「そう硬くなるな。して、澤山のことだが……」

「そのことでございます。逃げた者の顔をどこかで見た気がして考えておりましたところ、小石川《こいしかわ》にある旗本屋敷から出てきた男だと、思い出したのです」

「旗本の名は」

「どなたの物でもございませぬ。今年の春までは、確かに空き家でございましたので、剣客風の男が出てきたところを見て不思議に思い、顔を覚えておりました。係の同心に聞きましたところ、毎日炊事《すいじ》の煙が上がっており、新しいお旗本が住まわれるようになったのだと思っていたと申します。人相を聞きましたところ、わたしが思う男そのものでしたので、お知らせにまいりました」

「そうか」

「甲州様、住んでいる者が武家でないなら、我らが踏み込んで捕らえますが」

「手出し無用だ。よう教えてくれた。礼を申す」

「はは。わたしにできることならば、なんなりとお申しつけください」

「藤堂直正殿、貴殿の名は忘れぬ。いずれまた会おう」

「ははあ」

頭を下げる藤堂の前で立ち上がった左近は、小姓に手厚い礼をするよう命じて、控えていた間部を連れて自分の部屋に入った。

立ったままで間部に振り向いて言う。

「藤堂殿が申すことがまことなら、この機を逃さぬ」

「残っている小五郎殿の配下に調べさせます」

「澤山であれば、昨日話した手はずどおりにいたせ」

「承知しました」

間部は頭を下げ、小五郎の役宅へ向かった。

左近は表御殿に戻り、揉《も》めている声に気づいて客間に向かった。

そこでは、褒美《ほうび》の金子《きんす》を差し出す小姓と、固辞《こじ》する藤堂が言い合いをしていた。

左近が歩み寄ると、藤堂が困り顔で言う。

「甲州様、これは受け取れませぬ」

左近は、藤堂のまごころを知って笑みを浮かべた。

「では、余の志《こころざし》を受け取ってくれ」

左近は、帯から抜いた脇差を差し出した。

藤堂は目を見張り、嬉しそうな顔をする。

「よろしいのですか」

左近は、手を取ってにぎらせた。

「余は、民の近くに寄り添いたいと思うていたが、これより先は、市中へ出られるかどうかわからぬ身となる。この脇差と共に、民のために励《はげ》んでくれ」

藤堂は脇差を押しいただくようにして下がり、左近に頭を下げた。

「必ずや、ご期待に沿いまする」

立ち上がってふたたび頭を下げ、江戸の治安を守りに帰っていく与力を見送ると、左近はぼそりとつぶやいた。

「頼むぞ」

その寂しそうな顔を見ていた小姓は、左近の心中を察して、辛そうな顔で眼差しを下げた。

五

お琴は、かえでに従った中屋の者たちと共に京橋の店を出て、浜屋敷に入った。右京に襲われた次の日の、昼前のことだ。

百合は初め、店を閉めることを渋ったのだが、

「命あっての物種《ものだね》なのだし、甲州様の足手まといになってはいけない」

亭主の仁右衛門がそう諭《さと》し、仕方なく従ったのだ。

お琴は権八夫婦と海が見える部屋に通され、出された昼餉《ひるげ》をとった。

権八とおよねは、昨日の騒ぎ以来、すっかり怯《おび》えてしまい、口数が少なくなっている。

庭を守る小五郎の配下たちの姿が目に入るのも、二人の不安を大きくしているようだ。

遅れて入った泰徳と岩倉が、藩士によって調《ととの》えられた膳《ぜん》の前に座る。

およねが飯をよそう横で、権八が泰徳に訊いた。

「先生、あっしらはいったい、どうなるのですかね」

泰徳は茶碗を受け取り、ひとつ息を吐いた。

「かえでさんが、百合さんに京への出立を早めるよう言っていた。師走を待たずに発つことになるだろうな」

するとおよねが言う。

「大丈夫ですかね。昨夜のような連中が、旅の途中で襲ってきやしませんか」

権八が答えた。

「岩倉の旦那とかえでさんが京までついてきてくださるんだ。めったなことじゃ、悪党どもも手が出せねぇや」

泰徳が神妙な顔をする。

「かえでさんだが、昨夜足に傷を負ってしまっている。あの足で長旅をするのは無理だ」

およねが心配したが、権八が胸をたたいた。

「旅となりゃおれだって道中差《どうちゅうざ》しを持ってるからよ、心配すんな」

「お前さんが刃物を振り回すほうが、よっぽど危ないよ。慣れない物を持つのはやめとくれ」

「なんだと」

「よさぬか」

岩倉が止めた。

「誰が来ようと、お前たちはわたしが守るつもりでいるが、その前に、綱豊殿が敵を成敗してくれるはずだ。気を揉むことはない」

権八が心配そうな顔を向ける。

「お言葉を返しますがね、旦那。こんな立派なお屋敷に連れてこられたということは、相手がのっぴきならねぇ証なんじゃやねぇんですかい。お一人で大丈夫なので？」

岩倉が鼻先で笑った。

「心配するな。江戸を発つのを早めろということは、我らが江戸から離れてしまえば、奴らは追ってはこぬということだ。それだけ、敵は焦《あせ》っている」

およねが訊く。

「何を焦ってるんです？」

岩倉が答える前に、

「……そうか」

と、泰徳がつぶやき、岩倉に顔を向けた。

「綱豊殿が西ノ丸に入るまでに、敵は決着させようとしている。それゆえ、お琴を人質にしようとしたのだ」

岩倉が顎を引く。

「人質に取って綱豊殿を脅《おど》し、思うように動かそうとしているに違いないのだ。奴らがここを探り当てるのに日はかかるまい。だが、密《ひそ》かに江戸を抜け出して、遠く離れてしまえば、それを追うだけでも日がかかる。奴らがお琴殿を狙ってきたのは、綱豊殿が西ノ丸に入る日が早まったのやもしれぬ」

泰徳が言う。

「ならば、無防備な旅路よりも、ここに籠城《ろうじょう》するほうが守りやすいと思いますが」

「それはどうかな」

そこへ、百合が顔を出した。後ろに新吉が続いて入る。

百合が、薄い笑みを浮かべた。

「今、岩城の先生がおっしゃっていたようになりそうですよ」

泰徳が訊く。

「どういうことだ」

「たった今、根津のお屋敷から使いが来ましてね、甲州様の沙汰《さた》があるまで、ここへとどまってほしいそうですよ。早く行けと言ったかと思えば今度は待てだなんて、甲州様のこころの移り変わりの速さには、困ったものですよ」

岩倉が不機嫌に応《こた》える。

「そう怒るな。それだけ厄介《やっかい》な相手なのだ。きっと、何かあったに違いない」

百合は岩倉をちらりと見て、眼差しを下げた。

「わかっておりますとも。ちょいと愚痴《ぐち》をこぼしたくなっただけです」

新吉が申しわけなさそうに口を挟む。

「おかみさんは、ここへ押し込められてまだ半刻《はんとき》（約一時間）余りだというのに、暇なものですから苛立っておいでなのです。お許しください」

権八が同情する顔を向けた。

「その気持ちはわかりますとも。おれたちゃ、朝から晩まで身を粉《こ》にして働くのが癖になっちまっているから、お屋敷でじっとしてろってのが、どだい無理な話だ。棟梁《とうりょう》にも何も言わずに来ちまったから、普請場《ふしんば》のことが気になってしょうがねぇや」

およねが続く。

「あたしだってそうだよ。おかみさんだって、品を求めてくれるお客さんの笑顔が見られないのが辛いでしょ」

「なんで、こんなことになっちまったんだろうなぁ」

権八の言葉に、お琴は背中を丸めた。

「ごめんなさい、権八さん」

およねが権八の頭をぺしりとたたき、いらぬことを言うなという顔をしている。

「すまねえ、そんなつもりじゃ」

権八は首を引っ込めてあやまり、ばつが悪そうな顔をした。

新吉が言う。

「とにかく、今は待ちましょう。旦那様が、船旅にしてはどうかとおっしゃっておりますが……おかみさん、いかがいたします」

百合は答えず、お琴を気にしていた。

新吉が目を向けるのと、泰徳が声をかけるのが同時だった。

「お琴、もう泣くのはよせ。お前のせいではないのだ」

お琴は涙を拭い、泰徳に言う。

「ごめんなさい」

百合がそばに寄ろうとするより先に、およねがお琴を抱き、背中をさすった。

「そうだよ、おかみさん。悪いのは悪党だ。左近様だって……」

およねは、左近の本心をつい口にしそうになるのを、慌てて呑《の》み込んだ。

お琴が離れて、およねの顔を見る。

「左近様が、どうされたの？」

「ですからね、左近様だって、あれですよ、懸命に悪人と闘っていなさるんですから、自分のせいだなんて思わないほうがいいですよ」

岩倉が腕組みをして、小難しそうな顔で言う。

「そういうことだ。退屈だろうが、今は待つしかない」

百合が心配そうな顔を、お琴に向けた。

「お琴ちゃん、ほんとうは、自分が甲州様の弱みになっていると思っていない？」

お琴が目を泳がせ、訊く顔を向けるので、百合は思っていることを口にした。

「このお屋敷に連れてこられたことで、甲州様はお琴ちゃんの命を守るためにお別れを告げられたのだと、思っていない？」

図星を指されて、お琴は動揺した。

左近の本心を知る権八とおよねは、遠慮のない百合にひやひやしている。

お琴は首を横に振った。

「そんなこと……」

「思っていないわよね。思っていたら、京へ行くことなんてできないもの。でもここに来てみて、お屋敷暮らしがいかに退屈かよくわかったでしょ」

「それは、そうですけど……」

「けど、何？」

「こうして守られていることが、皆さんの迷惑になっているような気がしています。どうして、こんなことになったんだろうって」

「悪党どもが、甲州様とお琴ちゃんが別れたことを芝居だと思っているのよ。でもそれは、お琴ちゃんに限ったことじゃないから、自分を責めないで。ここにいるみんなが、甲州様と関わりがあったから、こうして屋敷で守られているの。お琴ちゃんだけのせいじゃないのよ」

百合の言葉に、お琴は救われた気がした。

「ありがとう、百合さん。およねさんも」

笑みを浮かべたお琴の目から、涙がこぼれた。

およねと百合は優しく微笑んで、お琴を励ましている。

神妙な顔をして聞いていた岩倉が、泰徳と目を合わせた。

——これでよいのです。

泰徳が目顔で顎を引くと、岩倉もうなずき、立ち上がって廊下に出た。皆には見えぬところにかえでがいるのに気づいて顔を向けると、かえでは頭を下げて立ち去った。

岩倉は海に顔を向けて、ため息をつく。

「綱豊め、早う片をつけぬか」

小声で言い、空を見上げた。

冬の海風に雲が棚引《たなび》き、陸《おか》に向かって流れている。

六

小石川では、澤山右京が旗本屋敷の一室に引き籠《こ》もり、息を潜めていた。時は流れ、日は西に傾《かたむ》きはじめている。

空き家だった屋敷は傷《いた》んでいるのだが、敷地も広く、周りは大名旗本の屋敷ばかりで、身を隠すにはうってつけの場所だ。

残った配下はわずかに八人だが、皆、右京が直伝《じきでん》した新陰流の遣《つか》い手《て》で、一騎《いっき》当千《とうせん》の強者《つわもの》ばかりである。

そのうちの一人が、上座にあぐらをかいて酒を飲んでいる右京に歩み寄り、進言した。

「御前に使者を出し、人を回してもらいましょう」

右京は口に運びかけた杯《さかずき》を止めて、配下を睨んだ。

「たわけ、しくじりを知られては、見限られてしまうどころか、命が危ない」

「我らを失えば、御前にとっても、邪魔な者を抹殺《まっさつ》する者がいなくなりますので、それはないのでは」

「甘い考えだ。我らに代わる者など、この世にはいくらでもいる。我らだけで女を捕らえねば、明日はない」

「しかし、女の居場所がわかりませぬ」

「それならば調べはついている。隠れていた屋敷は、京橋の中屋の持ち家だ。今宵《こよい》、中屋に押し入り、あるじ夫婦を締め上げて居場所を吐かせる」

「では、これより中屋を下見に行ってまいります」

「くれぐれも、甲府藩の者には気をつけろ。怪しまれて逃げられれば、終わりだ」

「はは」

配下が出ようとした時、廊下に別の配下が現れた。

「お頭、木島様がまいられました」

「何……」

右京は杯を置いた。

告げた配下の後ろから、家来を三人従えた木島が現れたので、右京は相手に見えぬように顔をしかめて、頭を下げた。

木島はずかずかと部屋に入り、上機嫌で言う。

「右京殿、女を捕らえたそうだな。綱豊がこよなく愛《め》でる女がどのようなものか、この目で拝《おが》んでやる。これへ連れてまいれ」

思わぬことに、右京は驚いて顔を上げた。

「木島殿、それを誰から聞かれましたのか」

「何を驚いておる。おぬしが使者をよこしたではないか」

「いいえ、遣《つか》わしてなどおりませぬ」

木島はいぶかしげな顔をした。

「どういうことだ」

「さては、罠《わな》にかかりましたな」

「なんだと」

「女を捕らえてなどおりませぬし、使者も遣わしておりませぬぞ」

木島は顔を引きつらせた。

「まさか、綱豊か」

顎を引く右京に、配下が焦った。

「人がおらぬここへ攻め込まれては抗《あらが》えませぬ。すぐに逃げましょう」

応じた右京が立ち上がろうとして右膝を立てた時、気配に気づいて、鋭い眼差しを庭に向けた。

門を見張っていた配下の一人が庭に入ってきたのだが、両手で腹を押さえ、様子がおかしい。

「いかがした」

庭にいた別の配下が声をかけたが、腹を押さえている配下はよろよろと二、三歩進んだところで両膝をつき、頭から倒れた。

その後ろから、藤色の着物を着流した左近が歩み出る。

右京は、険しい顔をした。

「やはり来たか、綱豊」

木島が目を見張る。

右京の配下が抜刀して斬りかかったが、右京も一目置く配下の新陰流が、左近にはまったく通じない。

一撃をかすりもせずかわされ、首を手刀《しゅとう》で打たれた。

呻き声をあげて倒れるその者を見もせず、左近は木島を睨み、帯から抜いた扇《せん》子《す》を向ける。

「牧野の屋敷へ偽《にせ》の知らせを届け、出てきたのは貴様だ。これで、牧野は言い逃れできぬ」

木島は立ち上がり、薄笑いを浮かべながら言う。

「城中ならばいざ知らず、ここは市中の朽《く》ちた空き家。生きて帰さねばよいことだ。右京、綱豊を、この庭の土にしてしまえ」

右京が立ち上がると、配下の者が一斉に抜刀した。

左近は安綱の鯉口《こいぐち》を切り、右京の配下に告げる。

「良心ある者は去れ。悪に与《くみ》する者は、葵一刀流が斬る」

凄まじいまでの剣気に、配下の者が怯んだ。

木島が叫ぶ。

「綱豊を斬れ。首を取れば、褒美は望むままぞ！」

「やあっ！」

応じた配下が、声をあげて斬りかかった。

左近は安綱を抜刀して一閃《いっせん》する。

腹を斬られた配下が、声もなく倒れた。

骨をも断《た》ち斬る葵一刀流の剛剣に、配下たちが息を呑む。

油断なく左近の背後に回った配下が、仲間と目配せをして、前後から同時に斬りかかろうと刀を振り上げた。

だが、左近の背後を狙った配下は、後ろを守っていた文左衛門が忍び寄ったことに気づかぬまま、袈裟《けさ》懸《が》けに斬られた。

左近の正面から斬りかかろうとしていた敵が、悲鳴をあげて倒れる仲間を見て、慌てて退《ひ》く。

そこへ左近が迫り、胴を斬り抜ける。

左近の正面にいる別の配下が正眼《せいがん》に構え、気合をかけて左近に斬りかかった。

袈裟懸けに斬り下ろされる刀を、左近は片手で弾き上げ、素早く刃を振るって胸を突く。

目を見開いた敵が安綱をつかもうとしたが、左近は引き抜き、背後に迫る敵を斬った。

文左衛門は二人を相手に一歩も引かず、刀を八双《はっそう》に構えている。

双方の間合いには緊迫した空気が張りつめていたが、文左衛門が、ふっと力を抜いた。それを隙と見た敵が、一気に出る。

「やあっ！」

裂帛《れっぱく》の気合と共に斬りかかる敵に対し、文左衛門は流れるように柔らかな動きで横にそれ、空振りをした敵の背中を片手斬りにするや、もう一人に猛然と迫り、刀を振り上げた隙を突いて胸を斬り上げた。

これはほんの一瞬の出来事で、文左衛門が斬り抜けた時、背後ではまだ二人とも立っていた。

呻き声を背中で聞いた文左衛門は、倒れた相手を見もせず、左近を襲おうとしている敵に向かい、左近の背後を守って対峙した。

左近は、木島を守る右京と対峙している。

右京が、憎々しげな顔で言う。

「天下の剣と言われる葵一刀流など、柳生新陰流の敵ではない」

抜刀した右京は、鞘《さや》を捨てて正眼に構えた。

左近も正眼で応じ、すぐ下段に下げ、刀身の腹を横に向ける。

右京がぴくりと動いて誘ったが、左近は動かない。

左近の背後で、文左衛門が木島の配下を斬った。

それを機に、右京が動く。

速い。

一瞬のあいだに、左近の胸元に切っ先が伸びてきた。

たまらず安綱を振り上げて受け流した左近。

両者が跳び離れ、正眼に構え、互いに足を運んで間合いを詰める。

両者の間合いが詰まるほどに、死界の密度が濃くなる。

先に刀を斬り下ろしたのは、左近だ。

肩を狙った一撃を、右京は待っていた。肩をめがけて斬り下ろす左近に遅れて刀を振り下ろし、斬り合わせて安綱の峰を打つ。

刀を上から押さえてしまえば、相手の上半身は無防備となる。切っ先を送れば腕を切断でき、胸を突くこともできる。

優位を取った右京は勝ったと思い、無防備な胸めがけて腕を伸ばす。

「死ね！」

だが、目の前から左近が消えた。

横へそれた左近に突きをはずされてたたらを踏んだ右京は、振り向いて刀を振り上げ、斬り下ろした。

左近は振り向きざまに安綱を斬り上げ、両者の刃が火花を散らす。

力負けしたのは右京だ。

弾き上げた刀が手から飛び、慌てて脇差に手をかけたところへ、左近の返す刀が打ち下ろされた。

宝刀安綱に肩から胸にかけて斬り割られた右京は、信じられぬ、という眼差しを左近に向け、横向きに倒れた。

右京を見下ろした左近が、木島に怒りの眼差しを向ける。

息を吞んだ木島が壁際に下がり、抜刀した。

左近が言う。

「上様の前で、牧野の悪事の一部始終を話してもらおう」

「ば、馬鹿な、そのようなことをすれば、貴様の首も飛ぶのだぞ」

「その言いよう。やはり、牧野は上様のお子を隠しておるのか」

「知らぬ」

「言い逃れは許さぬと申したはずだ」

「黙れ！」

大声を張り上げて斬りかかった木島の刀を弾き飛ばし、脇腹を峰打ちにした。

呻いて左近から離れた木島は、脇差を抜いて首に当てた。

「文左衛門、止めよ！」

左近に応じて文左衛門が飛びかかったが、それより一瞬速く、木島は自害した。

文左衛門が立ち上がり、悲痛な顔を左近に向けて首を横に振る。

左近は、長い息を吐いた。

「この者の骸《むくろ》を藩邸に運ぶ」

「では、人を呼んでまいります」

文左衛門は、屋敷の外へ出た。

安綱を懐紙《かいし》で拭い、鞘に納《おさ》めた左近は、倒れている者たちを見回し、死なせてしまった家臣たちのことを想った。

上に立つ者のために命を落とした者の哀《あわ》れを想い、悲壮感に満ちた顔を空に向けて、目を閉じた。

七

左近が将軍綱吉に拝謁《はいえつ》を願い、許されたのは三日後だった。

朝早く登城した左近は、中奥《なかおく》の御座《ござ》の間《ま》に案内された。

しばし待たされたのち、綱吉は太刀《たち》持《も》ちも従えずに現れ、上段の間に座ると、近くに寄れと促す。

応じて膝を進めた左近は、あいさつもそこそこに、牧野のことを話そうとしたのだが、先に綱吉が口を開いた。

「そなたが訊きたいのは、隠し子の噂のことか」

「はい」

綱吉は険しい顔で顎を引く。

「そのことは、余も困っておる。外に子はおらぬので、あれこれ探るのはこれまでといたせ」

「しかし……」

「このとおりだ」

綱吉が頭を下げたので、左近は口を閉ざした。

だが、このままにはしておけない。

「おそれながら、上様のお命も危のうございます。身近に黒い野望を抱いた者がおりまする」

「誰だ」

「申し上げなくとも、上様はすでに、気づいておられるはずかと」

綱吉は、目を合わせぬ左近に薄い笑みを浮かべた。

「名を告げなんだことは、褒《ほ》めてつかわす。口にしておれば、この場でおぬしの首を刎《は》ねるところであった」

左近は、横手の襖の奥にある武者隠《むしやがく》しによどんでいた殺気が消えるのを感じ取り、綱吉と目を合わせた。

綱吉が立ち上がって左近の前に歩み寄り、座って顔を突き出す。

左近を見つめる目は、何も言うな、と告げている。そして両手を畳につき、ふたたび頭を下げた。

「西ノ丸へ、一日も早う入ってくれ」

「どうか、お顔をお上げください」

綱吉はそのままの姿勢で言った。

「西ノ丸に入り、生き続けてくれさえすれば、おぬしが腹にとどめている者は、娘にも余にも手が出せぬ。そうであろう」

「はい」

綱吉は顔を上げた。厳しい表情をしている。

「噂のとおり、外に余の子がおったとしても、その子が立派な大人に成長すれば、誰にも徳川を乗っ取ることはできぬ。ゆえに綱豊、余が世継ぎを定めるまで、何があっても死んではならぬ。これは命令じゃ。世を乱さぬための役目と思え」

煙《けむ》に巻かれた気分になったが、世を乱さぬため、と言った綱吉の目に、信念がうかがえた。

左近は両手をつき、綱吉に言う。

「西ノ丸に入ることをお受けした時より、世のためと、しかと心得ております。この綱豊、上様のご期待に沿うことを、お約束いたしまする」

頭を下げる左近に、綱吉は安堵《あんど》したようにうなずき、肩に手を差し伸べた。

「余と共に、天下安寧《あんねい》のために歩んでくれ」

「はは」

綱吉は立ち上がり、西ノ丸に入ることを楽しみにしていると言い置いて、部屋から出ていった。

その数日後――。

浜屋敷で守られていたお琴たちは、京へ向けて旅立ちの朝を迎えていた。

左近の配慮で、久蔵とその配下たちが京まで送ることになり、門内の庭では、大名行列とまではいかぬものの、供の者たちが列を作って待っている。

女用の駕籠《かご》が三つ並び、百合とお琴、およねが出てくるのを待っていた。

百合とお琴は先に出たのだが、およねは部屋に残り、苛立ちを隠せない。

そんなおよねに、権八が言う。

「おい、待たせちゃ悪いから早くしろ」

「お前さん、ほんとうにこれでいいのかい」

「何が」

「おかみさんのことに決まってるじゃないか。甲州様のほんとうの気持ちを知らないままお別れするのは、おかみさんが可哀そうだよ」

「そんなこと言ってもお前、甲州様の頼みだからしょうがねぇだろ。おりゃあ、女心はわからねぇが、知らないほうがいいってことも、あるんじゃねぇのかい」

「あたしだったら、知りたいから言ってるんだよう」

「そうなのか？」

「言ってもいいよね。いいだろう」

「う、うぅむ」

「やめておけ」

廊下に現れたのは、岩倉だ。

およねが不服そうな顔をする。

「旦那、どうしていけないんですよう」

「お琴殿が綱豊殿の本音を知ったところで、西ノ丸に入ることはできぬ。綱豊殿は、西ノ丸に入れば、生涯、命を狙われる身となる。それゆえ、お琴殿と別れたのだ」

権八が驚いた。

「そ、そんな物騒なところに、どうしてお入りになられるのです」

「それが、次期将軍と噂される綱豊、いや、新見左近の定めだからだ。昨日会ってきたが、改めて、お琴殿のことを頼まれた。深い想いがありながら、愛《いと》しい者の幸せを願い、寄り添えぬ苦しみの中にいる新見左近の頼みを、聞いてやってくれ」

権八が洟《はな》をすすり、およねに言う。

「一緒になれねぇお琴ちゃんに、甲州様のお気持ちを伝えるのは酷だぜ」

およねはうなずき、ほろりと涙をこぼした。

権八がおよねの手をにぎる。

「おれたちにも、新しい暮らしが待っているんだ。笑顔で行こうじゃないか」

「あいよ」

夫婦は手を取り合って外に出ると、百合とお琴に待たせてすまないと詫びて、列に並んだ。

お琴は、見送りに来ていた泰徳とお滝に頭を下げ、駕籠に乗った。

「出立！」

久蔵の声がして、お琴たちを乗せた駕籠が動き出す。

浜屋敷の中之御門《なかのごもん》から出た一行は、陸奥会津藩《むつあいづはん》中屋敷の横を回って増上寺《ぞうじょうじ》の方角へ向かった。

会津藩邸の表の道に出た一行は、左に曲がった。

その様子を、辻番《つじばん》の陰から見守るのは、藤色の着物に安綱を落とし差しにした新見左近だ。

先頭の駕籠に百合が乗り、続いて出た駕籠に、およねの顔が見えた。

三番目に出てきた駕籠に乗るお琴の横顔を見つめた左近は、付き添う岩倉と目を合わせ、顎を引く。

岩倉は、まかせておけとばかりにうなずきを返す。

左近は、お琴の駕籠が辻を曲がって見えなくなると、きびすを返して歩み、ひとつ先の辻を左に曲がった。

黒漆塗《くろうるしぬ》りの大名駕籠の前で待っていた間部が、神妙な顔で頭を下げる。

左近は、間部に安綱を預けた。

「我らもまいろうか」

「はは」

左近が駕籠に乗ると、間部は、出立の声をあげた。

露払《つゆはら》いから殿《しんがり》まで長々と続く甲府藩の大名行列が動きはじめ、西ノ丸を目指して粛々《しゆくしゆく》と進んでいく。

左近の前途は、まさに、将軍への道であった。

本書は２０１７年12月にコスミック・時代文庫より刊行された作品を加筆訂正したものです。

双葉文庫

さ-38-31

浪人若《ろうにんわか》さま 新見左近《にいみさこん》 決定版《けつていばん》【十四】

将軍《しようぐん》への道《みち》

2023年6月17日　第1刷発行

【著者】

佐々木裕一《ささきゆういち》
©Yuuichi Sasaki 2023
【発行者】

箕浦克史

【発行所】

株式会社双葉社

〒162-8540 東京都新宿区東五軒町3番28号

［電話］03-5261-4818(営業部)　03-5261-4868(編集部)

www.futabasha.co.jp(双葉社の書籍・コミックが買えます)

【印刷所】

中央精版印刷株式会社

【製本所】

中央精版印刷株式会社

【フォーマット・デザイン】

日下潤一

落丁・乱丁の場合は送料双葉社負担でお取り替えいたします。「製作部」宛にお送りください。ただし、古書店で購入したものについてはお取り替えできません。［電話］03-5261-4822(製作部)

定価はカバーに表示してあります。本書のコピー、スキャン、デジタル化等の無断複製・転載は著作権法上での例外を除き禁じられています。本書を代行業者等の第三者に依頼してスキャンやデジタル化することは、たとえ個人や家庭内での利用でも著作権法違反です。

ISBN978-4-575-67164-3 C0193

Printed in Japan

佐々木裕一
闇の剣
浪人若さま 新見左近 決定版【一】
長編時代小説

浪人姿で町へ出て許せぬ悪を成敗す。この男の正体はのちの名将軍徳川家宣。剣戟、恋、人情、そして勧善懲悪。傑作王道シリーズ決定版！

佐々木裕一
雷神斬り
浪人若さま 新見左近 決定版【二】
長編時代小説

仇討ちの旅に出た弟子を捜しに江戸に来たという剣術道場のあるじと知り合った左近。事情を聞き、本懐を遂げさせるべく動くのだが——。

佐々木裕一
おてんば姫の恋
浪人若さま 新見左近 決定版【三】
長編時代小説

左近暗殺をくわだてる黒幕の正体がついに明らかに!? そして左近を討ち果たすべく、最強の敵が姿を現す！ 傑作シリーズ決定版第三弾‼

佐々木裕一
将軍の死
浪人若さま 新見左近 決定版【四】
長編時代小説

信頼していた大老酒井雅楽頭の裏切り、慕っていた将軍家綱の死。失意の左近に、最大の危機が迫る！ 人気時代シリーズ決定版第四弾‼

佐々木裕一
陽炎の宿
浪人若さま 新見左近 決定版【五】
長編時代小説

国許の民から訴状が届いた。甲府の村の領民が苛政に苦しんでいると知った左近は極秘でお国入りを果たす。人気シリーズ決定版第五弾‼

佐々木裕一
日光身代わり旅
浪人若さま 新見左近 決定版【六】
長編時代小説

綱吉の命を狙う曲者が現れた。曲者を捕らえ黒幕を暴くべく綱吉から日光社参の際の影武者を命じられた左近は、決死の道中に挑む！

佐々木裕一
浅草の決闘
浪人若さま 新見左近 決定版【七】
長編時代小説

意地を張り合う二人の浪人が果たし合いをすることに。左近をも巻き込む決闘の結末は——。人気時代シリーズ決定版第七弾‼

佐々木裕一
風の太刀
浪人若さま 新見左近 決定版【八】
長編時代小説

殺された藩主たちの仇討ちを誓う元藩士と知り合った左近。宿願を果たさせるべく、力を貸すことに——。人気時代シリーズ決定版第八弾!!

佐々木裕一
大名盗賊
浪人若さま 新見左近 決定版【九】
長編時代小説

将軍家御用達の店ばかりを狙う盗賊が現れた。綱吉を深く恨み、市中を混乱に陥れる賊の正体とは——? 人気時代シリーズ決定版第九弾!!

佐々木裕一
江戸城の闇
浪人若さま 新見左近 決定版【十】
長編時代小説

大老殺しに端を発した出世をめぐる争い。手段を選ばぬ悪党に、左近の怒りの刃が振り下ろされる! 人気時代シリーズ、決定版第十弾!

佐々木裕一
左近暗殺指令
浪人若さま 新見左近 決定版【十一】
長編時代小説

生類憐みの令に庶民の不満が募り、綱豊を将軍に望む声が高まる中、左近は何者かに命を狙われて——。人気時代シリーズ、決定版第十一弾!

佐々木裕一
人斬り純情剣
浪人若さま 新見左近 決定版【十二】
長編時代小説

交誼を結んだ浪人夫婦を襲う数々の災厄。二人が背負う過去を知った左近は夫婦を守るべく立ち上がる。人気時代シリーズ決定版第十二弾!

佐々木裕一
片腕の剣客
浪人若さま 新見左近 決定版【十三】
長編時代小説

お琴に持ち上がった京行きの話、将軍家世継ぎの座をめぐる尾張徳川家の不穏な動き。そして左近の前に、最強の刺客が姿を現す!

佐々木裕一
将軍への道
浪人若さま 新見左近 決定版【十四】
長編時代小説

忍び寄る刺客の影。高まる緊張の糸。不穏な騒動を前に、左近とお琴、愛し合う二人の運命は——⁉ 人気時代シリーズ、第一部完結!

佐々木裕一
不穏な影
新・浪人若さま 新見左近【一】 長編時代小説〈書き下ろし〉
浪人姿に身をやつし市中に繰り出し悪を討つ。その男の正体は、のちの名将軍徳川家宣——。大人気時代小説シリーズ、第二部スタート！

佐々木裕一
亀の仇討ち
新・浪人若さま 新見左近【二】 長編時代小説〈書き下ろし〉
権八夫婦の暮らす長屋に仇討ちの若い兄妹が転がり込んでくる。仇を捜す兄に助力を申し出た左近だが、相手は左近もよく知る人物だった。

佐々木裕一
夫婦剣《めおとけん》
新・浪人若さま 新見左近【三】 長編時代小説〈書き下ろし〉
米問屋ばかりを狙う辻斬りが頻発する中、小五郎の煮売り屋を訪れるようになった中年の旅の夫婦。二人はある固い決意を胸に秘めていた。

佐々木裕一
桜田の悪
新・浪人若さま 新見左近【四】 長編時代小説〈書き下ろし〉
闇将軍との死闘で岩倉が深手を負った。小五郎たちの必死の探索もむなしく焦りを募らせる左近をよそに闇将軍は新たな計画を進めていた。

佐々木裕一
贋作小判《がんさくこばん》
新・浪人若さま 新見左近【五】 長編時代小説〈書き下ろし〉
改鋳された小判にまつわる不穏な噂と偽小判の存在を知った左近。市中の混乱が憂慮されるなか、老侍と下男が襲われている場に出くわす。

佐々木裕一
恨みの剣
新・浪人若さま 新見左近【六】 長編時代小説〈書き下ろし〉
同じ姓の武家ばかりを狙う辻斬りが現れた。下手人は説得に応じず問答無用で斬り捨てるという。冷酷な刃の裏に潜む真実に、左近が迫る！

佐々木裕一
宴《うたげ》の代償
新・浪人若さま 新見左近【七】 長編時代小説〈書き下ろし〉
出世をめぐる幕閣内での激しい対立。政への悪影響を案じる左近だが、己自身をも巻き込む大騒動に発展していく。大人気シリーズ第七弾！

佐々木裕一　鬼のお犬様
新・浪人若さま 新見左近【八】 長編時代小説〈書き下ろし〉

お犬見廻り組の頭に幼い息子を殺された御家人が、西ノ丸大手門前で抗議の自刃を遂げた。胸を痛めた左近は、真相を調べようとするのだが。

佐々木裕一　無念の一太刀《ひとたち》
新・浪人若さま 新見左近【九】 長編時代小説〈書き下ろし〉

勅額火事から一年。町の復興が進む中、大火の折に武家の娘が攫われたとの噂を耳にした左近。さっそく近侍四人衆に探索を命じるのだが。

佐々木裕一　嗣縁《しえん》の禍《わざわい》
新・浪人若さま 新見左近【十】 長編時代小説〈書き下ろし〉

将軍綱吉には隠し子がいた⁉　思わぬ噂を耳にし、これで西ノ丸から解放されるとばかりに喜ぶ左近だが、何者かによる襲撃を受けて——。

佐々木裕一　不吉な茶釜
新・浪人若さま 新見左近【十一】長編時代小説〈書き下ろし〉

高家の吉良上野介が手に入れた茶釜が屋敷から消えた。この思わぬ騒動が、天下を揺るがす大事件にまで発展し——。驚天動地の第十一弾！

佐々木裕一　すもの縁
新・浪人若さま 新見左近【十二】長編時代小説〈書き下ろし〉

主家の改易と共に姿を消した赤穂藩の堀部安兵衛たち。友の身を案じる左近の意を汲んだ泰徳は、岩倉らと共に赤穂の国許に向かう——。

佐々木裕一　忠義の誉《ほまれ》
新・浪人若さま 新見左近【十三】長編時代小説〈書き下ろし〉

未だつかめぬ堀部安兵衛の行方、高まる仇討ちの不安。焦りを募らせる左近に、運命の刻が迫る。元禄の世を揺るがす大騒動、ついに決着！

坂岡真　為《な》せば成《な》る
はぐれ又兵衛例繰控《れいくりびかえ》【七】 長編時代小説〈書き下ろし〉

父の仇を捜す若侍と出会った又兵衛。若侍の境遇に同情し、仇討ちの成就を願うが、おもわぬところから仇の消息の手掛かりを摑み——。

傑作王道シリーズ第二部
大好評発売中!!

佐々木裕一 著

新・浪人若さま 新見左近

伝説はまだ終わらない！

［画］室谷雅子

【1】不穏な影
【2】亀《かめ》の仇《わだ》討《う》ち
【3】夫婦《めおと》剣《けん》
【4】桜田の悪
【5】贋作《がんさく》小判
【6】恨みの剣
【7】宴《うたげ》の代償
【8】鬼のお犬様
【9】無念の一太刀《ひとたち》
【10】嗣縁《しえん》の禍《わざわい》
【11】不吉な茶釜
【12】すもの縁
【13】忠義の誉《ほまれ》

最新第14弾
2023年8月発売予定!!